suhrkamp taschenbuch 4217

AF203027

Seit einigen Jahren wimmelt es in der ostukrainischen Metropole Charkiw von Leuten mit ausgefallenen Geschäftsideen und dem Gespür für Marktlücken. Die einen gründen die Bestattungsfirma »House of the Dead« und blamieren sich mit ihren Power-Point-Präsentationen in Budapest. Andere widmen sich den »Besonderheiten des Organschmuggels« und handeln an der EU-Außengrenze mit Visa und Prostituierten. Mit ihren genialen Einfällen besiegen sie ihre existentielle Verzweiflung – zumindest vorläufig.

Serhij Zhadan, Chronist seiner Generation, erzählt von den Abenteuern der Transformationszeit: aggressiv, temporeich und witzig.

Serhij Zhadan, 1974 im Gebiet Luhansk/Ostukraine geboren, studierte Germanistik, promovierte über den ukrainischen Futurismus und gehört seit 1991 zu den prägenden Figuren der jungen Szene in Charkiw. Er debütierte als 17-Jähriger und publizierte zwölf Gedichtbände und sieben Prosawerke. Für *Die Erfindung des Jazz im Donbass* wurde er mit dem Jan-Michalski-Literaturpreis und mit dem Brücke-Berlin-Preis 2014 ausgezeichnet (zusammen mit Juri Durkot und Sabine Stöhr). Die BBC kürte das Werk zum »Buch des Jahrzehnts«. 2018 erhielt Zhadan den Preis der Leipziger Buchmesse. Zhadan lebt in Charkiw.

Serhij Zhadan
Hymne
der demokratischen Jugend

Aus dem Ukrainischen von
Juri Durkot und Sabine Stöhr

Suhrkamp

Die Originalausgabe erschien 2006 unter dem Titel
Himn demokratyčnoï molodi bei Folio, Charkiw

3. Auflage 2022

Erste Auflage 2011
suhrkamp taschenbuch 4217
© der deutschen Ausgabe Suhrkamp Verlag AG, Berlin, 2009
© Serhij Zhadan 2006
Alle Rechte vorbehalten.
Wir behalten uns auch eine Nutzung des Werks
für Text und Data Mining im Sinne von §44b UrhG vor.
Umschlagfoto: Reiner Riedler / Anzensberger Agency
Umschlaggestaltung: Göllner, Michels, Zegarzewski
Druck und Bindung: CPI books GmbH, Leck
Printed in Germany
ISBN 978-3-518-46217-1

www. suhrkamp.de

Hymne der demokratischen Jugend

Inhaber des besten Schwulenklubs der Stadt

Wer echte Verzweiflung kennt, wird mich verstehen. Eines Morgens wachst du auf und merkst, es steht schlecht, sehr schlecht. Eben noch, sagen wir gestern, hättest du etwas ändern, es richten, die Weichen anders stellen können, aber jetzt ist finito – du bist raus und hast keinen Einfluß mehr auf die Ereignisse, die dich umflattern wie Leintücher. Genau so, hilflos, ausgestoßen und abgetrennt, fühlt man sich kurz vor dem Tod, wenn ich das Konzept Tod richtig verstehe – eigentlich hast du doch alles richtig gemacht, alles unter Kontrolle gehabt, warum versucht man dann aber, dich von den roten Kabelrollen des Systems abzukoppeln, dich zu löschen wie eine Datei und auszubrennen wie einen subkutanen Eiterherd, warum verzieht sich das Leben, an dem du gerade noch unmittelbar teilgenommen hast, wie das Meer in östliche Richtung, eilig entfernt es sich, und zurück bleibt die Sonne deines langsamen Sterbens. Wie ungerecht der Tod ist, läßt dich das Leben besonders deutlich spüren, keiner kann dich davon überzeugen, daß dein Übertritt auf das Territorium der Toten Sinn macht, da fehlen einfach die Argumente. Aber es steht schlecht, plötzlich glaubst du das auch, hast es verinnerlicht und wirst ganz ruhig, läßt zu, daß irgendwelche Scharlatane, Alchimisten und Pathologen dein Herz herausreißen und es auf Jahrmärkten und in Raritätenkabinetten zur Schau stellen, läßt zu, daß sie es für zweifelhafte Experimente und freudlose Rituale heimlich mit sich herumtragen, läßt zu, daß sie von dir wie von einem Toten sprechen und dein Herz – schwarz von verlorener Liebe, leichten Drogen und falscher Ernährung – in ihren Raucherfingern drehen.

Dahinter stehen die Tränen, die Nerven und die Liebe deiner Altersgenossen. Ja, Tränen, Nerven und Liebe, denn alles Unglück und aller Ärger deiner Altersgenossen hat mit der Geschlechtsreife begonnen und war mit dem wirtschaftlichen Zusammenbruch beendet, und wenn irgendwas diese scharfen slawischen Zungen zum Schweigen bringen und die stark verrauchten Lungen zum Luftholen bewegen kann – dann Liebe und Ökonomie, Business und Leidenschaft in ihren absurdesten Erscheinungsformen; alles andere bleibt abseits der Strömung, außerhalb des dunklen, wilden Flusses, in den ihr alle springt, kaum daß ihr volljährig seid. Der Rest ist Bodensatz, Blasen auf dem Wasser, Fußnoten zur Biographie, er löst sich in Sauerstoff auf, und auch wenn Sauerstoff dir lebensnotwendig erscheint, er ist es gar nicht. Warum? Weil keiner an Sauerstoffmangel stirbt, sterben tut man aus Mangel an Liebe oder Mangel an Geld. Wenn du eines Tages aufwachst und merkst, alles steht schlecht, sie ist weg, gestern noch hättest du sie aufhalten, alles richten können, jetzt ist es zu spät, du bleibst allein mit dir, und sie kommt die nächsten fünfzig Jahre nicht wieder oder auch sechzig, je nachdem, wie lange du ohne sie leben kannst und willst. Als dir das bewußt wird, schlägt große, grenzenlose Verzweiflung über dir zusammen, der Schweiß purzelt auf deine unselige Haut wie Zirkusclowns in die Manege, das Gedächtnis verweigert dir die Gefolgschaft, obwohl man auch daran nicht stirbt, im Gegenteil – alle Hähne öffnen sich, die Luken brechen, alles okay, sagst du, ich bin in Ordnung, ich schaff das schon, alles klar, immer schmerzhafter stößt du dich in der Leere, die sie im Raum zurückgelassen hat, in den Tunneln und Gängen aus Luft, die ihre Stimme einst füllte und in denen jetzt die Monster und Reptilien ihrer Abwesenheit hausen, alles okay, sagst du, ich schaff das, ich bin in Ordnung, daran ist noch keiner gestorben, noch eine Nacht, noch ein paar Stunden in diesem mit schwarzem Pfeffer und Glasscherben bestreuten Gelände, auf dem heißen, mit Kippen und Tabakbröseln vermischten Sand, in den Kleidern, die ihr gemeinsam getragen habt, unter dem Himmel, der jetzt dir allein gehört, du benutzt ihre Zahnbürste, nimmst ihre Handtücher mit ins Bett, hörst im Radio ihre Musik und singst an den besonders wichtigen Stellen mit – da, wo sie immer verstummte, singst du jetzt die Worte für sie, besonders wenn das Lied von Sachen handelt, die wichtig sind, wie zum Beispiel das Leben, oder dein Verhältnis zu deinen Eltern, oder vielleicht auch Religion. Was kann tragischer sein als dieses einsame Singen, manchmal unterbrochen von den neuesten Nachrichten, den letzten Neuigkeiten – so, wie die Lage ist, könnte jede neue Nachricht tatsächlich die letzte für dich sein.

Tragischer ist eigentlich nur die Sache mit der Knete. Alles, was die Finanzen betrifft, dein Business, deine finanzielle Stabilität, treibt dich in immer dunklere Sackgassen, aus denen es nur einen Ausweg gibt – den schwarzen, unerforschten Raum, das Reich des Todes. Wenn du plötzlich aufwachst und merkst, um weiterzuleben, brauchst du fremde Hilfe, und zwar möglichst von Gott dem Herrn persönlich oder jemandem aus seinem direkten Umfeld. Aber was für Hilfe denn, vergiß das Wort, hast dir alles selbst eingebrockt, also strample schön, dabei mußt du gut abwägen – Business und Liebe, Sex und Ökonomie, ja, genau, Ökonomie – diese Prostatitis der Mittelklasse, diese Tachykardie der Währungsbörsenpioniere; ein paar verunglückte Gesetzesvorlagen, und du bist eine Wasserleiche, soll heißen, sie ertränken dich bestimmt, wahrscheinlich in Zement, und die tödlichen, milchkaffeebraunen Zementwellen schlagen über dir zusammen und trennen dich vom Leben und sogar vom Tod, denn in einem solchen Fall verdienst du keinen normalen, ruhigen Tod, da kannst du so viel strampeln, wie du willst, dir ist nicht mehr zu helfen, wie der Vollmond hängen die Schulden über dir; und es bleibt dir nichts übrig, als ihn anzuheulen und damit auch noch die Aufmerksamkeit des Finanzamts auf dich zu ziehen. Wie viele junge Seelen sind verloren, weil sie keinen Business-Plan erstellen konnten, wie viele Herzen hat die Privatisierungspolitik zerrissen; Falten auf den vertrockneten Gesichtern und ein gelber, metallischer Schimmer in den Augen, Resultat eines langen Überlebenskampfes – das ist unser Land, das ist unsere Ökonomie, dein und mein Weg zur Unsterblichkeit, die du spürst, wenn du plötzlich aufwachst und merkst, daß es im Leben nichts gibt als deine Seele, deine Liebe und, fuck, deine Schulden, die du nie zurückzahlen kannst, wenigstens nicht in diesem Leben.

Davon laßt uns reden.

Die Geschichte vom Klub hat mir einer seiner Gründer höchstpersönlich erzählt, ich hatte schon von ihnen gehört, war aber nie einem über den Weg gelaufen, was angesichts der spezifischen Ausrichtung des Ladens auch kein Wunder ist. Gerüchte vom ersten offiziellen Schwulenklub machten schon seit ein paar Jahren die Runde, wobei aber immer unterschiedliche Namen und Adressen genannt wurden, und weil niemand genau wußte, wo er sich befand, verdächtigte jeder jeden. Am häufigsten wurde der Klub im Stadion erwähnt, die rechtsgerichtete Jugend der Stadt verurteilte das Entstehen solcher Etablissements aufs schärfste und gelobte, den Klub niederzubrennen und die Schwulen, die sich dort zu ihren sogenannten Partys trafen, gleich mit. Einmal, in der Spielzeit 2003/2004, legten sie Feuer im »Burattino«, einer Kneipe beim Stadion, aber die Miliz brachte diesen Vorfall nicht mit dem Schwulenklub in Verbindung, logo – wie kann das »Burattino« denn ein Schwulenklub sein, wo doch schon der Name fremdenfeindlich ist. Andererseits wurde der Klub oft in den Medien erwähnt, in verschiedenen Kultursendungen und Reportagen über die wilde Klubszene unserer Stadt. Meistens erinnerte die Klubszene unserer Stadt an Briefe von der Front – in den Fernsehreportagen erklangen zuerst Trinksprüche, dann Maschinengewehrsalven, und manchmal, wenn der Kameramann seine Berufspflichten nicht verletzte, sich also nicht mit kostenlosem Kognak auf Rechnung des Wirts zudröhnte, erklangen die Maschinengewehrsalven im Rhythmus von Hochzeitsreden und Abschiedsflüchen, und die Leuchtmunition zerschoß den warmen Himmel über Charkiw, ein Feuerwerk zu Ehren von Treue, Liebe und anderen Dingen, die im Fernsehen wenig populär sind. Der Schwulenklub aber erregte gerade darum besonderes Interesse, weil es keine Bilder gab und weil Informationen über direkte Verbindungen zwischen Obrigkeit und Mafia fehlten, es hieß nur, eine Party habe stattgefunden im Schwulenklub, die Gäste hätten sich ordentlich benommen, Opfer seien keine zu beklagen. Zwar machten auch weiterhin Gerüchte über den Klub die Runde, aber das Interesse ließ nach, was zu erwarten gewesen war – in unserer Stadt gibt es weit interessantere Einrichtungen, zum Beispiel das Traktorenwerk. Und überhaupt – wen interessieren in einem Land mit solchen Auslandsschulden schon die Probleme sexueller Minderheiten. Daß es hieß, der Gouverneur selbst halte seine schützende Hand über den Klub, wunderte auch keinen – etwas anderes erwartete man vom Gouverneur ja im Prinzip gar nicht. Schließlich muß jeder sehen, wo er bleibt, Hauptsache, ein reines Gewissen und die Steuererklärung rechtzeitig abgeben.

San Sanytsch habe ich im Wahlkampf kennengelernt. Er sah aus wie knapp vierzig, war aber in Wirklichkeit Jahrgang 74. Das Leben ist einfach stärker als die Gene, dafür war Sanytsch der beste Beweis. Er trug eine Jacke aus schwarzem, knarzendem Leder und eine Kanone, Typ Durchschnittsbandit, wenn ich mich verständlich ausdrücke. Für einen Banditen war er allerdings viel zu melancholisch, er telefonierte wenig, nur manchmal rief er seine Mutter an, während er selbst, soweit ich mich erinnere, überhaupt nie angerufen wurde. Er stellte sich als San Sanytsch vor und überreichte mir feierlich eine Visitenkarte aus Kreidepapier, auf der in Goldbuchstaben »San Sanytsch, Rechtsschutz« stand, darunter ein paar Telefonnummern mit Londoner Vorwahl, Sanytsch sagte, das seien die Büronummern, was für ein Büro, fragte ich, aber er antwortete nicht. Wir freundeten uns an, kaum daß wir uns kennengelernt hatten, Sanytsch holte die Knarre aus der Jackentasche, sagte, er sei für ehrliche Wahlen, und erklärte, er könne, wenn nötig, hundert solcher Knarren besorgen. Er hatte seine eigene Vorstellung von ehrlichen Wahlen, warum nicht. Außerdem erzählte er von einem Bekannten bei »Dynamo«, der in seinem Bastelkeller Startpistolen in echte ummodelte. Schau, sagte er, wenn man diesen Scheiß hier absäbelt – er zeigte mir, wo sich offensichtlich früher der inzwischen abgesäbelte Scheiß befunden hatte –, lassen sie sich mit normalen Patronen laden, und der Hauptvorteil ist, daß die Miliz nichts dagegen haben kann – ist ja eine Startpistole. Wenn du willst, kann ich dir eine Partie besorgen, vierzig Grüne das Stück, plus zehn, um den Scheiß abzusäbeln. Wenn nötig, organisier ich dir auch einen Dynamo-Mitgliedsausweis, for full legalization. Sanytsch liebte Waffen, und noch mehr liebte er es, von ihnen zu reden. Mit der Zeit wurde ich sein bester Kumpel.

Eines Tages erzählte er mir dann vom Klub, es rutschte ihm so raus, daß er, bevor er zum Rechtsschutz ging und sich für freie Wahlen engagierte, im Klub-Business gewesen und, wie sich herausstellte, direkt am ersten offiziellen Schwulenklub der Stadt beteiligt war, ebenjenem Phantom-Laden, den unsere progressive Jugend so lange vergeblich niederzubrennen versucht hatte. Ich bat ihn, mir mehr davon zu erzählen, und er tat es, okay, kein Problem, alles längst Geschichte, also warum nicht.

Und er erzählte ungefähr folgendes.

Wie sich herausstellte, war er Mitglied der Assoziation »Boxer für Gerechtigkeit und soziale Adaptation« gewesen. Er erzählte nur wenig davon; sie waren bei »Dynamo« als Bürgerinitiative ehemaliger Leistungssportler entstanden. Womit genau sich die »Boxer für Gerechtigkeit« beschäftigten, blieb unklar, aber die Sterblichkeit in den Reihen der Assoziation war hoch, jeden Monat wurde mindestens einer von ihnen abgeknallt, und es folgte ein üppiger Leichenschmaus in Anwesenheit hoher Milizoffiziere und leitender Beamter der Gebietsverwaltung. Alle paar Monate organisierten die »Boxer für Gerechtigkeit« ein Freundschaftsspiel mit der polnischen Auswahl, so nannten sie es jedenfalls, vor dem Büro fuhren Busse vor, wurden mit Boxern und einem Haufen einheimischer Elektro- und Haushaltsgeräte beladen, und die Karawane zog los Richtung Polen. Die Bosse von der Gebietsverwaltung und das Trainerteam reisten getrennt. In Warschau angekommen, gingen die Boxer ins Stadion und vertickten die Ware im Dutzend billiger, woraufhin sie den erneuten Sieg der vaterländischen paralympischen Bewegung ordentlich feierten. Das Interessante war, daß Sanytsch gar kein Boxer war. Sanytsch war Kämpfer. Nicht etwa für Gerechtigkeit und soziale Adaptation, sondern Ringkämpfer. Zum Ringkampf war er durch seinen Opa gekommen, seinerzeit, in den Nachkriegsjahren, hatte sein Opa das Ringen ernsthaft betrieben und sogar an der Spartakiade der Völker der Sowjetunion teilgenommen, wo man ihm den Arm brach, worauf er unheimlich stolz war, nicht auf den gebrochenen Arm natürlich, sondern daß er an der Spartakiade teilgenommen hatte. Über seinen Opa also kam er zu »Dynamo«. Sanytsch erzielte erste Erfolge. Nahm an städtischen Turnieren teil, gehörte zu den Hoffnungsträgern, doch nach ein paar Jahren brach man auch ihm den Arm. Da war er schon mit der Schule fertig und versuchte, sein eigenes Business aufzuziehen, aber es klappte nicht richtig, vor allem mit gebrochenem Arm. Also ging er zu den »Boxern für Gerechtigkeit«. Die »Boxer für Gerechtigkeit« sahen sich seinen Arm an, fragten ihn, ob er für Gerechtigkeit sei und für soziale Adaptation, und als sie darauf eine positive Antwort erhielten, nahmen sie ihn auf. Sanytsch kam zu einer Brigade, die die Märkte beim Traktorenwerk kontrollierte. Wie sich herausstellte, konnte man in diesem Business ziemlich leicht Karriere machen – dein direkter Vorgesetzter wird ermordet, und schon rückst du auf seinen Platz vor. Nach einem Jahr befehligte Sanytsch bereits eine kleine Einheit, war wieder einmal Hoffnungsträger, aber das Business gefiel ihm nicht: Sanytsch hatte ja immerhin Abitur und daher keine Böcke, mit nicht mal dreißig durch die Granate eines Spekulanten hopszugehen. Noch dazu ging seine ganze Freizeit für das Business drauf, und Sanytsch hatte überhaupt kein Privatleben, wenn man die Nutten nicht zählt, die er eigenhändig auf den Märkten auflas. Aber Sanytsch zählte die Nutten nicht, ich glaube, auch sie nannten es nicht Privat-, sondern eher Wirtschafts- und Sozialleben, das trifft es wohl. Sanytsch begann also, sich ernsthaft Gedanken über seine Zukunft zu machen. Ausschlaggebend war der Zwischenfall mit der kugelsicheren Weste. Einmal, im Zustand eines anhaltenden alkoholbedingten Rausches (er sprach von irgendwelchen Feiertagen, wahrscheinlich Weihnachten), beschlossen Sanytschs Schützlinge, ihrem jungen Boß eine kugelsichere Weste zu schenken. Die Weste hatten sie auf dem Polizeirevier gegen ein neues Kopiergerät der jüngsten Generation getauscht. Das Geschenk wurde auf der Stelle ausgiebig begossen, danach wollten sie es ausprobieren. Sanytsch zog die Weste über, die Kämpfer griffen zur Kalaschnikow. Die kugelsichere Weste erwies sich als zuverlässig – Sanytsch überlebte mit nur drei mittelschweren Schußverletzungen. Er beschloß, es gut sein zu lassen – die Ringkämpferkarriere war in die Hose gegangen, auch mit seiner Karriere als Kämpfer für Gerechtigkeit und soziale Adaptation stand es nicht zum besten, Zeit, sich beruflich zu verändern.

Er leckte seine Wunden, ging dann zu den »Boxern für Gerechtigkeit« und bat, aussteigen zu dürfen. Die »Boxer für Gerechtigkeit« waren mit Recht der Meinung, daß man aus ihrem Business nicht einfach so aussteigt, jedenfalls nicht lebendig, doch letztendlich nahmen sie Rücksicht auf seine Verwundungen und willigten ein. Zum Abschied verliehen sie ihrer Hoffnung Ausdruck, Sanytsch möge die Verbindung zur Assoziation nicht abreißen lassen und den Idealen des Kampfes für Gerechtigkeit und soziale Adaptation treu bleiben, und nachdem sie Sanytsch schnelle Genesung gewünscht hatten, beeilten sie sich, ihre Busse mit einheimischen Elektro- und Haushaltsgeräten zu beladen. Sanytsch stand also auf der Straße – ohne Business und Privatleben, dafür kampferprobt und mit Abitur, wobei letzteres aber kaum jemanden interessierte. In diesem Moment der persönlichen Krise traf er Goga, Georgi Bruchadse. Er und Goga waren zusammen in einer Klasse gewesen, Sanytsch ging dann zu den Kämpfern und Goga auf die medizinische Fakultät. Die letzten paar Jahre hatten sie sich nicht gesehen – Sanytsch engagierte sich wie berichtet, und Goga reiste als junge Fachkraft in den Kaukasus und nahm dort am russisch-tschetschenischen Krieg teil. Auf welcher Seite er teilnahm, war schwer zu sagen, denn Goga trat als Subunternehmer auf, kaufte beim russischen Gesundheitsministerium Medikamente und verkaufte sie an georgische Sanatorien, in denen Tschetschenen ärztlich versorgt wurden. Die Sache flog auf, als Goga unbedacht eine zu große Menge Anästhetika bestellte, was das Gesundheitsministerium dazu veranlaßte, die Lieferscheine zu überprüfen und sich die berechtigte Frage zu stellen: Wozu benötigt die regionale Kinderpoliklinik, auf die sämtliche Lieferscheine ausgestellt sind, so viel Stoff? Goga mußte also zurück nach Hause, wobei er sich erst noch einen Schußwechsel mit den beleidigten kaukasischen Zwischenhändlern lieferte. Kaum daheim, kaufte er einige Ladungen Rigips. Das Geschäft lief nicht schlecht, aber Goga begeisterte sich bereits für eine neue Idee, die immer mehr Raum in seinen Phantasien und Plänen einnahm – er beschloß, ins Klubgeschäft einzusteigen. Und genau in diesem kritischen Moment begegneten sich unsere beiden Helden.

– Hör mal, – sagte Goga zu seinem Jugendfreund, – ich bin neu in diesem Business, ich brauche deine Hilfe. Ich will einen Klub aufmachen. – Also weißt du, – antwortete ihm sein alter Kumpel, – ich kenn mich da nicht wirklich aus, aber wenn du willst, kann ich mal ein bißchen rumfragen. – Du hast das falsch verstanden, – sagte Goga, – ich muß nicht rumfragen, ich weiß selber genug, aber ich brauche einen Partner, kapiert? Ich will, daß du mit mir in dieses Business einsteigst, das lohnt sich für mich, verstehst du – ich kenne dich von klein auf, ich kenne deine Eltern, ich weiß, wo ich dich im Fall des Falles zu suchen habe, wenn du auf die Idee kommst, mich hängenzulassen. Und vor allem kennst du ja hier alle und jeden. Du bist genau der richtige Kompagnon für mich. – Und du willst damit wirklich Geld machen? – fragte Sanytsch. – Verstehst du, – antwortete Goga Bruchadse, – ich kann mit allem möglichen Geld machen. Du denkst, ich tu das wegen der Knete? Hey, ich hab in Balaschowka fünf Waggons Rigips stehen, die kann ich sofort losschlagen – und ab nach Zypern. Aber weißt du, das Problem ist – ich will nicht nach Zypern. Und weißt du, warum ich nicht nach Zypern will? Ich bin fast dreißig, genau wie du, richtig? Ich habe in vier Ländern Geschäfte gemacht, die Staatsanwaltschaft etlicher autonomer Republiken fahndet nach mir, ich hätte längst irgendwo in der Tundra an Skorbut sterben sollen, dreimal bin ich unter Artilleriebeschuß geraten, Bassajew persönlich hat seine Spritzen bei mir gekauft, beinahe hätte mich der Krasnojarsker Omon abgeknallt, einmal wurde der Wagen, in dem ich fuhr, vom Blitz getroffen, danach mußte die Batterie ausgewechselt werden. Ich zahle einer Witwe in Nordinguschetien Alimente, den anderen zahle ich nichts, die Hälfte meiner Zähne sind falsch, fast hätte ich eine meiner Nieren verpfändet, um eine Ladung Metallverarbeitungsmaschinen auszulösen. Aber ich bin heimgekehrt, ich bin guter Stimmung und habe einen gesunden Schlaf, die Hälfte meiner Freunde wurde ins Jenseits befördert, aber die andere lebt noch, du hier lebst auch noch, obwohl die Chancen dafür ja eher nicht gut standen. Verstehst du, irgendwie habe ich überlebt, und wo ich schon überlebt habe, dachte ich mir – okay, Goga, okay, alles in Ordnung jetzt, alles wird gut, wenn dich der Krasnojarsker Omon nicht erschossen und der Blitz nicht erschlagen hat, wieso dann Zypern? Und plötzlich habe ich kapiert, was ich mein Leben lang wollte. Weißt du was? – Was? – fragte San Sanytsch. – Mein ganzes Leben lang wollte ich einen eigenen Klub haben, verstehst du, einen eigenen Klub, in dem ich jeden Abend sitzen kann und wo mich keiner rausschmeißt, auch wenn ich anfange, in die Speisekarte zu kotzen. Was habe ich also gemacht? Weißt du, was ich gemacht habe? – Goga lachte auf. – Ich bin einfach hergegangen und habe mir diesen verfuckten Klub gekauft, kapiert? – Wann denn? – fragte Sanytsch nach. – Vor einer Woche. – Und was ist das für ein Klub? – Also es ist kein richtiger Klub, sondern ein Sandwichladen. – Was? – San Sanytsch verstand nicht ganz. – Na, der Imbiß »Butterbrote«, kennst du doch, oder? Es gibt natürlich noch arschviel zu tun, die Lage ist aber gut, im Bezirk Iwanowo, ich verticke den Rigips, renoviere den Laden, und alle meine Neurosen sind Geschichte. Nur daß ich noch einen Partner brauche, du verstehst schon. Gefällt dir die Idee? – fragte er Sanytsch. – Der Name gefällt mir. – Welcher Name? – Der Name des Klubs: »Butterbrot-Bar«.

Sie vereinbarten, sich am nächsten Morgen im Klub zu treffen. Goga versprach, seinen Partner mit ihrem künftigen Art-Direktor bekannt zu machen. San Sanytsch kam pünktlich, sein Partner war schon da und wartete vor der Tür der »Butterbrot-Bar«. Mit der »Butterbrot-Bar« stand es nicht zum besten, zum letzten Mal war sie vor etwa dreißig Jahren renoviert worden, und wenn man berücksichtigt, daß sie erst vor etwa dreißig Jahren gebaut wurde, kann man sagen, daß sie niemals renoviert wurde. Goga öffnete das Vorhängeschloß und ließ San Sanytsch vorgehen. San Sanytsch trat in einen halbdunklen Raum voller Tische und Plastikstühle, na bitte, dachte er traurig, wär ich mal lieber bei den »Boxern für Gerechtigkeit« geblieben. Doch für einen Rückzug war es zu spät – Goga kam hinter ihm herein und zog die Tür zu. – Gleich kommt der Art-Direktor, – sagte er und setzte sich auf einen Tisch, – laß uns warten.

Der Art-Direktor hieß Slawik. Slawik entpuppte sich als alter Junkie, er sah aus wie über vierzig, aber das lag wohl an den Drogen, er kam eine halbe Stunde zu spät, schob es auf die Staus, dann sagte er, er wäre mit der U-Bahn unterwegs, mit einem Wort, Nebelkerzen. Er hatte eine alte Jeansjacke an, trug eine große arschige Sonnenbrille und weigerte sich aus Prinzip, sie abzusetzen in dem dunklen Loch. – Wo hast du den denn aufgegabelt? – fragte Sanytsch leise, als Slawik den Raum inspizierte. – Meine Mutter hat ihn mir empfohlen, – antwortete Goga genauso leise. – Er war künstlerischer Leiter im Pionierpalast, dann hat man ihn rausgeschmissen, wegen unmoralischem Benehmen oder so. – Klar, wegen übermäßiger Frömmigkeit bestimmt nicht, – sagte Sanytsch. – Schon gut, – antwortete Goga, – alles okay. Was ist, – rief er Slawik zu, – gefällt's dir? – Im Prinzip schon, – antwortete Slawik geschäftig, kam zu ihnen und setzte sich auf einen Plastikstuhl. Hätte ja auch gerade noch gefehlt, daß diesem Arschloch hier was nicht paßt, dachte Sanytsch und schaltete sogar das Handy ab, um nicht gestört zu werden, wobei ihn ja sowieso nie einer anrief. Also was ist, – Goga war ganz aufgekratzt, – was sagst du, was hast du für Ideen? – Also folgendes, – Slawik seufzte schwer und zog eine schmierige Papirossa hervor, – also folgendes. – Er schwieg eine Zeitlang. – Georgi Dawydowytsch, – wandte er sich schließlich an Goga, – ich will offen mit Ihnen sein. Arschloch, dachte Sanytsch. Goga kniff im Halbdunkel der Butterbrot-Bar zufrieden die Augen zusammen. – Ich will also offen sein, – wiederholte Slawik. – Ich bin seit zwanzig Jahren im Showbiz, ich habe noch mit UkrKonzert gearbeitet, die Musiker kennen mich, ich habe Verbindungen zu Grebenschtschikow*, ich habe das Charkiwer U2-Konzert or-

---

* Boris Grebenschtschikow – russischer Kultrocker der späten achtziger und neunziger Jahre. (A.d.Ü.)

ganisiert … – U2 hat ein Konzert in Charkiw gegeben? – fiel ihm San Sanytsch ins Wort. – Nein, sie haben abgesagt, – erwiderte Slawik, – aber ich will Ihnen folgendes sagen, Georgi Dawydowytsch, – Sanytsch ignorierte er einfach, – es war eine *geile* Idee von Ihnen, diesen Klub zu kaufen. – Meinst du? – fragte Goga zweifelnd. – Ja, wirklich eine *geile* Idee. Ich rede ganz offen mit Ihnen, ich weiß alles vom Showbiz, habe die erste Rock-Session dieser Stadt organisiert, – hier erinnerte er sich offensichtlich an etwas, verlor den Faden und verstummte minutenlang. – Und, weiter? – Goga hielt es nicht mehr aus. – Ja, – nickte Slawik, – ja. Scheiße, der ist ja bekifft, stellte Sanytsch begeistert fest. – Was ja? – Goga verstand nicht. Slawik nickte wieder, – ja … San Sanytsch streckte ergeben die Hand nach dem Handy aus, im Prinzip hätte er solche Typen in seinem früheren Job fertiggemacht, aber das hier war was anderes, ein anderes Business, sollen die das doch unter sich ausmachen. – Ich will Ihnen, Georgi Dawydowytsch, folgendes sagen, – brach es plötzlich aus Slawik heraus, und er schwallte los –

das Klubgeschäft, – holte er weit aus, – ist eine heiße Angelegenheit, besonders weil sich der Markt schon herausgebildet hat, verstehen Sie, was ich meine? Alle taten so, als verstünden sie. Daran ist der Mittelstand schuld, dieser Mittelstand, verfuckt, entwickelt sich ja besonders gut. Sie, zum Beispiel, haben Räumlichkeiten gekauft, – er wandte sich weiterhin vor allem an Goga, – wollen einen normalen Klub aufmachen, mit normalem Publikum, Kulturprogramm und all dem Scheiß, – Slawik, kein Agitprop, bitte, – fiel ihm Goga ins Wort. – In Ordnung, – willigte Slawik ein, – was aber ist das wichtigste? Was ist das Wichtigste im Showbiz? – Goga verging das Lächeln allmählich. – Das Wichtigste ist das Format! Ja-ja, – Slawik nickte fröhlich und klatschte sogar in die Hände, – yep, genau das ist es ... – Und was ist mit dem Format? – fragte Goga nach einer schweren Pause. – Totale Scheiße, – teilte Slawik mit. In diesem Business ist schon alles besetzt, alle Plätze, – er lachte auf. Der Markt hat sich herausgebildet, verstehen Sie? Machen Sie ein Fast food auf, wenn Sie wollen, aber es gibt schon hundert Fast foods in der Stadt, wollen Sie eine Kneipe – dann eben Kneipe, ich kümmere mich um das Kulturprogramm, no problem, wollen Sie eine Disko – dann Disko, wollen Sie einen Pub – dann eben Pub. Aber es wird ein Scheißdreck daraus, Georgi Dawydowytsch, verzeihen Sie, daß ich es so offen sage, ein Scheißdreck. – Aber warum denn? – fragte Goga beleidigt. – Weil der Markt sich bereits herausgebildet hat und man Sie einfach erdrücken wird. Es hält ja niemand seine schützende Hand über Sie, richtig? Man wird Sie einfach zusammen mit dem Klub abfackeln. – Und was schlägst du vor? – Goga wurde nervös, – hast du irgendwelche Ideen? – Yep, – sagte Slawik zufrieden, – yep, ich habe eine *geile* Idee, eine echt *geile* Idee. – Und was ist das für eine Idee? – Goga witterte Unheil. – Man muß sich eine Marktlücke suchen, wenn ich mich verständlich ausdrücke. Und in diesem Business gibt es nur eine Marktlücke – den Schwulenklub. – Was für einen Klub? – Schwulenklub, – das heißt, einen Klub für Schwule. Diese Lücke will gefüllt werden. – Hast du sie nicht mehr alle? – fragte Goga nach der nächsten Pause. – Das meinst du doch nicht ernst? – Und warum nicht? – fragte Slawik gespannt zurück. – Was bildest du dir eigentlich ein, – Goga wurde böse, – willst du im Ernst, daß ich, Georgi Bruchadse, in meinem Haus einen Schwulenklub aufmache? Aus – du bist gefeuert, – sagte er und sprang vom Tisch. – Moment, Moment, Georgi Dawydowytsch, – jetzt war es Slawik, der nervös wurde, – keiner wird doch groß »Klub für schwule Socken« dranschreiben, stimmt's? – Sondern? – fragte ihn Goga und zog seinen Mantel an. – »Klub für exotische Freizeitgestaltung«, das werden wir dranschreiben, – stieß Slawik hervor, – und ihm einen zielgruppenorientierten Namen geben. Zum Beispiel »Pfau«. – »Sau«, – äffte ihn Goga nach. – Und wer soll deinen Pfau besuchen? – Das ist es ja, die kommen ganz bestimmt, – versicherte ihm Slawik. – Ich sag's Ihnen ja, es ist eine Marktlücke, eine Stadt mit zwei Millionen Einwohnern und kein einziger Schwulenklub! Das ist eine Goldgrube! Unnötig, um die Zielgruppe zu werben, die kommen von ganz allein, stehen Schlange wie nach warmen Semmeln. – Beim Wort »warm« zog Goga eine Grimasse, setzte sich aber wieder auf den Tisch, ohne jedoch den Mantel auszuziehen. Slawik deutete dies als ein gutes Zeichen, holte noch eine Papirossa aus der Tasche und fuhr fort: – Mich hat selbst fast der Schlag getroffen, als mir der Einfall kam. Das Geld liegt auf der Straße, komm und heb es auf. Ich wundere mich, wieso bisher keiner auf die Idee gekommen ist, aber noch ein oder zwei Monate, und die Idee ist geklaut, hundertpro geklaut, ich schwör's! – Slawik wurde noch nervöser, er hatte wohl tatsächlich Angst, daß einer die Idee klauen könnte. – De facto haben wir keine Konkurrenz! Stimmt doch, oder – unterstützungsheischend wandte er sich endlich auch San Sanytsch zu. – Okay, sagte Goga schließlich, – im Prinzip keine schlechte Idee. Ist das dein Ernst? – fragte ihn Sanytsch. – Warum, kann doch sein. – Kann sein, klar! – Slawik war vollkommen hin und weg. – Stopp mal, – unterbrach ihn Sanytsch und wandte sich wieder Goga zu. – Also, wir sind natürlich Freunde und so, aber ich bin dagegen. Ich war fast zwei Jahre bei den »Boxern für Gerechtigkeit«, und die werden mich dafür fertigmachen, oder was glaubst du? Wir haben ausgemacht, ein ganz normales Business zu betreiben und nicht irgend so einen Pfau. – Na, vielleicht nicht Pfau, – sagte Goga. – Hat doch gar keiner vor, es Pfau zu nennen. Wir denken uns einen normalen Namen aus. Oder wir behalten den alten. – Welchen denn? – Sanytsch kapierte nicht. – »Butterbrot-Bar«! Hör doch, – Goga lächelte wieder, – klingt doch nicht schlecht: Klub für exotische Freizeitgestaltung »Butterbrot-Bar«. Hmh, Slawikel? – Slawikel nickte, dann nickte er noch mal. Mehr konnte man schwerlich von ihm erwarten. – Entspann dich, – sagte Goga zu seinem Kompagnon, – die Schwulen wird der da übernehmen, – er zeigte auf Slawik, – Hauptsache, wir beide haben die Bude bis Sommer renoviert, dann sehen wir weiter. Schließlich, – dachte er laut, – warum eigentlich kein Schwulenklub? Dann sind wir wenigstens vor den Nutten sicher.

Also machten sie sich an die Arbeit. Goga vertickte den Rigips, Sanytsch brachte ihn mit den richtigen Leuten zusammen, und sie fingen an, den Laden zu renovieren. Slawik erbot sich seinerseits, den Schwulenklub als Klub für Jugendinitiativen eintragen zu lassen, um nicht wegen kommerzieller Tätigkeit blechen zu müssen. Wie sich herausstellte, war Slawik wirklich überall bekannt, und daher versuchte man auch überall, den Umgang mit ihm zu meiden. Morgens ging Slawik in die Stadtverwaltung, machte einen Abstecher zum Buffet, trank dort Tee, plauderte mit den Buffetfrauen über das Wetter und begab sich anschließend zur Kulturabteilung. Dort ließ man ihn nicht vor, Slawik war beleidigt, kam angerannt, stritt sich mit den Handwerkern, die den Klub renovierten, schrie, er sei schon zwanzig Jahre im Showbiz, und drohte, Grebenschtschikow zur Eröffnung einzuladen. Genau, Eröffnung – der Frühling war vorbei, die Renovierung abgeschlossen, man konnte den Klub eröffnen. Goga rief alle zu sich, diesmal in sein frisch renoviertes Büro. – Und, – fragte er, – was habt ihr für Ideen für die Eröffnung? – Also folgendes, Georgi Dawydowytsch, – fing Slawik geschäftig an, – ich hab einen Haufen Ideen. Erstens, Feuerwerk … – Nächste Idee, – schnitt ihm Goga das Wort ab. – Okay, – fuhr Slawik ungerührt fort, – ich schlage japanische Küche vor. – Und wo kriegst du die her? – fragte Sanytsch. – Ich habe Bekannte, – antwortete Slawik vielsagend. – Japaner? – Nein, Vietnamesen. Geben sich aber für Japaner aus – sie haben Container auf dem Südmarkt, in einem nähen sie Pelzmäntel, im anderen ist die Küche. – Nächste Idee, – unterbrach ihn Goga wieder. – Zirkusstriptease, – trompetete Slawik siegesgewiß. – Was für Striptease? – Zirkusstriptease, – wiederholte Slawik. – Ich habe Verbindungen, vier Tussen im Bikini, arbeiten jeden zweiten Tag, öfter können sie nicht – verdienen sich im Pionierpalast noch was dazu. – Also, – unterbrach ihn Goga, – kommt nicht in Frage, ich habe doch gesagt – keine Nutten in meinem Klub. Mir reichen schon die Schwulen, – fügte er genervt hinzu und wandte sich erneut an Slawik. – Bist du fertig? – Slawik holte eine Papirossa heraus, zündete sie an, stieß den Rauch aus, seufzte schwer und begann: – Also gut, okay, okay, – er machte eine bedeutungsvolle Pause, – in Ordnung, Georgi Dawydowytsch, ich verstehe, was Sie meinen, in Ordnung, ich werde mit Borja sprechen, wenn

Sie darauf bestehen, ich denke aber, er wird's nicht umsonst machen, auch nicht für mich ... – Maul, – Goga beendete das Treffen, – Sanytsch, mein Freund, organisier ein paar Musiker, okay? Und du, – das war schon an Slawik gerichtet, – überleg dir, wen wir einladen sollen. – Wie, wen? – Slawik lebte auf. – Die Feuerwehr, das Finanzamt, jemanden von der Kulturabteilung. Kurzum, wir werden Marktforschung betreiben. – In Ordnung, – willigte Goga ein, – aber sorg dafür, daß außer diesen schwulen Socken auch ein paar richtige Schwule kommen.

Die Eröffnung fand Anfang Juni statt. San Sanytsch schleppte ein Vokal-Instrumental-Ensemble an, das sonst im Restaurant des Hotels »Charkiw« spielte, sie hatten ein festes Programm und verlangten nicht viel, außerdem tranken sie nicht bei der Arbeit. Slawik hatte die Einladungsliste zusammengestellt, alles in allem ungefähr hundert Leute, Goga, dem die Liste vorgelegt wurde, prüfte und redigierte lange daran herum, strich die Namen der Buffetfrauen aus der Stadtverwaltung und von vier Mitarbeitern des Pionierpalasts, den Rest billigte er, Slawik verteidigte vor allem die Buffetfrauen, mußte sich aber nach einem längeren Wortgefecht geschlagen geben. Goga lud Geschäftspartner ein, Großhändler, bei denen er Rigips umsetzte, Jugendfreunde und die Oschwanz-Brüder. San Sanytsch lud seine Mutter ein und wollte auch eine Bekannte, eine frühere Prostituierte, dazubitten, dachte aber an seine Mutter und nahm von der Idee Abstand.

Es wurde ein pompöses Fest. Slawik war nach einer halben Stunde betrunken, und San Sanytsch bat die Wachleute, ihn nicht aus den Augen zu lassen, Goga sagte, sie sollten nur locker bleiben – schließlich sei ja Eröffnung. San Sanytschs Mutter verschwand gleich wieder, die Musik war ihr zu laut, Sanytsch rief ihr ein Taxi und ging weiterfeiern. Die Großhändler legten ihre Krawatten ab und tranken auf die Gesundheit der Inhaber, Slawik fing laut zu singen an und tauschte Küsse mit den Vertretern des Finanzamts, im Prinzip war er der einzige, der sich wie ein richtiger Schwuler benahm oder so, wie er sich das vorstellte, er machte das extra, um die Leute in Stimmung zu bringen. Langsam kamen die Leute in Stimmung, mit dem Ergebnis, daß sich die Oschwanz-Brüder im Männerklo mit den Großhändlern prügelten, im Prinzip eine ganz normale Rauferei, schließlich hatten sie bezahlt, »selber schwule Sau!« tönte das beleidigte Geschrei von Grischa Oschwanz aus dem Klo, und sein Bruder, Sawa Oschwanz, stimmte ein. Es gelang schnell, die Prügelei zu lokalisieren, Sanytsch warf sich dazwischen, und weil es in der »Butterbrot-Bar« keinen Striptease gab, brachen die betrunkenen Großhändler in Richtung einer Striptease-Bar auf, um dort weiterzutrinken. Die vom Finanzamt fuhren ebenfalls in die Striptease-Bar, Slawik nahmen sie nicht mit, um sich den Ruf nicht zu ruinieren. Die Leute hatten sich fast schon verlaufen, nur auf einem Hocker am Tresen saß noch ein Mädchen, und in der Ecke flüsterten zwei Männer mittleren Alters, die äußerlich denen vom Finanzamt aufs Haar glichen, das heißt, es war schwer, etwas Bestimmtes über ihr Äußeres zu sagen. – Wer ist das? – fragte Sanytsch Slawik, der langsam nüchtern wurde und sich erinnerte, wen er da geküßt hatte. – Ach das, – sagte er und fixierte die beiden. – Ich will ja niemanden beleidigen, aber meiner Meinung nach sind das Schwule. – Kennst du sie? – fragte

Sanytsch zur Sicherheit. – Ja, – Slawik nickte, – Doktor und Busja. – Was für ein Doktor? – Sanytsch verstand nicht. – Ein ganz normaler Doktor, – antwortete Slawik, – komm, ich stell dich vor. Hi, Busja, – sprach er den Kerl an, der jünger aussah und eher wie einer vom Finanzamt. – Tach, Doktor, – er drückte dem Kerl die Hand, der solider und also weniger wie einer vom Finanzamt wirkte. – Darf ich vorstellen – Sanjok. – San Sanytsch, – verbesserte ihn San Sanytsch nervös. – Unser Manager, – unterbrach ihn Slawik. – Sehr erfreut, – sagten Doktor und Busja und baten sie zu sich an den Tisch. Sanytsch und Slawik setzten sich. Schweigen. Sanytsch wurde nervös, Slawik griff sich eine Papirossa. – Slawik, – versuchte Doktor schließlich, die peinliche Situation zu beenden, – hier bist du jetzt also gelandet? – Ja, – sagte Slawik, steckte die Papirossa an und löschte das Streichholz in ihrem Salat, – Freunde haben mich um Hilfe gebeten, warum nicht, dachte ich, wo ich grade ein bißchen Kapazität frei hatte. Sie müssen natürlich noch einiges lernen, – fuhr Slawik fort, nahm Doktor die Gabel aus der Hand und stocherte mit ihr im Salat herum, – also zum Beispiel diese Eröffnung: im Prinzip hätte man alles machen können, wie es sich gehört, Unterhaltungsprogramm und so, ich hatte das schon mit Grebenschtschikow und seinen Leuten abgeklärt ... Aber egal, – er legte Sanytsch die Hand auf die Schulter, – egal, ich berate Sie hier und da, es wird schon werden, klar doch ... Sanytsch löste vorsichtig die Hand von seinem Arm, stand auf, nickte Doktor und Busja zu, viel Spaß noch, wir sehen uns, und ging zum Tresen. – Wie heißt du? – fragte er das Mädchen, das einen weiteren Wodka bestellte. Sie hatte ein Piercing im Gesicht, und wenn sie trank, klirrten Metallkugeln an das Glas. – Vika, – sagte sie, – und du? – San

Sanytsch, – antwortete San Sanytsch. – Schwul? – fragte Vika direkt. – Inhaber, – rechtfertigte sich Sanytsch. – Alles klar, – sagte Vika, – bringst du mich heim? Hab zuviel geladen hier bei euch. – Sanytsch rief ein Taxi, verabschiedete sich von Goga und führte das Mädchen hinaus. Der Fahrer war irgendwie bucklig, Sanytsch war er schon früher aufgefallen, und jetzt mußte er also bei ihm einsteigen, der Bucklige betrachtete sie belustigt und fragte, ihr kommt wohl aus dem Schwulenklub? – Ja ja, – antwortete San Sanytsch alarmiert. – Wo müssen wir hin? – fragte er Vika. Vika war jetzt ganz weggetreten, wie, fragte der Bucklige, wollen wir vielleicht kotzen? – Alles okay, – sagte Sanytsch, – wollen wir nicht. – Wie Sie wünschen, – sagte der Bucklige irgendwie enttäuscht. – Wo müssen wir denn hin? – Sanytsch packte Vika an den Schultern, drehte sie zu sich, griff in die Innentasche ihrer Motorradjacke und zog ihren Ausweis hervor. Las die Adresse. – Probieren wir es mal, – sagte er zum Buckligen, und sie fuhren los. Vika wohnte ganz in der Nähe, es wäre einfacher gewesen, sie heimzutragen, aber woher hätte er das wissen sollen. Sanytsch zerrte sie aus dem Wagen, bat den Buckligen zu warten und trug Vika zum Hauseingang. Vor der Tür stellte er sie auf die Füße. – Bist du okay? – fragte er. – Okay, – sagte sie, okay, gib mir meinen Ausweis zurück. – Sanytsch erinnerte sich an den Ausweis, holte ihn aus der Tasche und schaute sich das Foto an. – Ohne Piercing siehst du besser aus, – sagte er. Vika nahm den Ausweis und steckte ihn ein. – Wenn du willst, – sagte Sanytsch, – bleib ich bei dir. – Dumpfbacke, – antwortete Vika und lächelte zufrieden, – ich bin doch lesbisch, raffst du denn gar nichts? Und du bist nicht mal schwul, sondern Inhaber. Geschnallt? – Vika küßte ihn und verschwand im Haus. Sanytsch spürte den kalten Geschmack ihres Piercings. Wie wenn man mit den Lippen einen Silberlöffel berührt.

Der Arbeitsalltag begann. Hauptproblem des Arbeitsalltags war, daß der Klub absolut nicht lief. Die Zielgruppe machte demonstrativ einen Bogen um die »Butterbrot-Bar«. Goga fluchte, Slawik tat alles, um ihm nicht unter die Augen zu kommen, und wenn doch, dann erhob er ein lautes Geschrei und redete von Marktlücken, der Agentur UkrKonzert und der vietnamesischen Diaspora, schlug sogar vor, die »Butterbrot-Bar« in einen Sushi-Laden nur für die vietnamesische Diaspora umzufunktionieren, worauf ihm Goga eins auf die Mütze gab und er eine Weile nicht mehr zur Arbeit erschien. Goga saß in seinem Büro und löste nervös die Kreuzworträtsel aus der »Buchhalter-Rundschau«. San Sanytsch machte Vika ausfindig und lud sie zum Abendessen ein. Vika sagte, sie habe ihre Tage und wolle in Ruhe gelassen werden, versprach aber, bei Gelegenheit in der »Butterbrot-Bar« vorbeizuschauen. Es war ein heißer Sommer, und aus den Klimaanlagen tropfte der Saft.

Slawik kam zurück. Bemüht, sein Veilchen zu verbergen, es war aber sogar durch die Sonnenbrille zu erkennen, ging er zu Goga ins Büro. Goga rief Sanytsch. Slawik saß da, wakkelte depressiv mit dem Kopf und schwieg. – Wirst du noch lange schweigen? – Goga lächelte aufmunternd. – Georgi Dawydowytsch, – begann Slawik und wählte seine Worte sorgfältig, – ich verstehe ja – wir waren alle gestreßt, ich war im Unrecht, Sie sind ausgeflippt. – Ich? – Goga lächelte immer noch. – Wir sind doch Profis, – sagte Slawik und fingerte an seiner Brille herum. – Ich verstehe – Geschäft ist Geschäft, und es darf nicht den Bach runtergehen. Ich bin für klare Verhältnisse ... Und wenn Sie etwas an mir auszusetzen haben, dann sagen Sie es ruhig, ich kann das wegstecken. Also, – fuhr Slawik fort, – ich verstehe das alles, vielleicht bin ich auch mal anderer Meinung, vielleicht gehen unsere Ansichten irgendwo auseinander, so ist das eben, ich verstehe – Sie sind neu im Geschäft, daher, aber nein, alles okay, ich bin weiter mit von der Partie. – Slawik, – sagte Goga, – einfach spitze, daß du mit von der Partie bist, das Problem ist nur, daß unserer Mannschaft der Abstieg droht. – Ja, – sagte Slawik, – ja. Ich verstehe – Sie haben jedes Recht, so zu reden, ich an Ihrer Stelle würde auch so reden, ich verstehe natürlich ... – Slawik, – unterbrach ihn der Boß wieder, – ich bitte dich – werd ein bißchen konkreter, ich bin im Minus, so macht man keine Geschäfte, kapiert? – Slawik nickte und laberte was vom Spiel, in das er zurückgekehrt sei, und daß jeder an seiner Stelle so gehandelt hätte, schnorrte von Goga Geld fürs Taxi und stellte für morgen gute Neuigkeiten in Aussicht. Am nächsten Morgen rief er von einem fremden Handy an und schrie, daß er gerade in der Stadtverwaltung sitze und hier bei den Stadtverordneten durchboxen werde, daß in diesem Jahr sie die »Bestickten Tücher« ausrichten würden! – Hä? – fragte Goga. – »Tücher«, wiederholte Slawik geduldig, es war zu hören, wie ihm der rechtmäßige Besitzer das Mobiltelefon aus der Hand zu reißen versuchte, aber Slawik hielt sich wacker. – Die »Bestickten Tücher«! He, Moment! – rief er jemandem zu und fuhr fort, nachdem er sich das Handy wieder geschnappt hatte: – Wettbewerb für kreative Kinder und Jugendliche, unter der Schirmherrschaft des Gouverneurs, die Knete kommt direkt von der öffentlichen Hand, wenn das klappt, kriegen wir den Status eines Kulturzentrums, und kein Finanzamt pißt uns mehr an. – Bist du sicher, daß es das richtige für uns ist? – fragte ihn Goga für alle Fälle. – Natürlich ist es das richtige, – schrie Slawik zurück, – genau das, was wir brauchen – Malen auf Asphalt, Schönheitswettbewerb, Zehntkläßlerinnen im Bikini, fuck – wir schreiben ein Programm, lassen die Knete durch die Bücher laufen, zweigen was für die Feuerwehr ab, damit sie uns ins Budget für nächstes Jahr aufnehmen, und bingo! – ein ganzes Jahr Spaß auf Staatskosten, the show must go on, Georgi Dawydowytsch, bin nicht umsonst zwanzig Jahre im Showbiz, au, scheiße! – schrie er offensichtlich schon ins Leere, weil man ihm den Hörer inzwischen doch entrissen hatte. Goga seufzte schwer und beugte sich wieder über sein Kreuzworträtsel.

Nachmittags kamen vier Typen in den Klub, in Trainingsanzügen, aber wie Sportler sahen sie nicht aus – höchstens wie solche, die vorsätzlich das Training schwänzen. Der Wachmann fragte, zu wem sie wollten, aber sie schlugen ihn nieder und gingen den Direktor suchen. Goga saß mit Sanytsch zusammen und füllte die letzten Kästchen eines Kreuzworträtsels aus. Als Sanytsch die vier erblickte, schaltete er schweigend sein Telefon aus. – Wer seid ihr? – fragte Goga, obwohl er die Antwort schon wußte. – Wir sind die »Superxeroxe«, – antwortete einer im blauen Trainingsanzug. – Wer? – fragte San Sanytsch. – Bist du taub oder was? – sagte ein zweiter, ebenfalls im blauen Trainingsanzug. – Die »Superxeroxe«. Das Gebäude gegenüber gehört uns. Der Parkplatz um die Ecke auch. Und ein Office am Südmarkt, – mischte sich wieder der erste in Blau ins Gespräch. – Kurz gesagt – wir sind Marktführer, kapiert? – Das fügte schon der zweite in Blau hinzu. Ein dritter, in Grün, machte eine ungeschickte Bewegung, und aus dem Revers seiner Trainingsjacke fiel eine Knarre mit abgesägtem Lauf, schnell bückte sich der Grüne und steckte sie wieder ein, dabei warf er wilde Blicke in die Runde. – Wir unterhalten eine Reihe von Großhandelsbetrieben, – fuhr der erste fort, – bekommen Direktlieferungen aus Schweden. – Wie, – versuchte Goga, in den Dialog einzutreten, – wollt ihr uns vielleicht einen Xerox verkaufen? – Sie fielen in bedrohliches Schweigen und sahen abwechselnd Goga und Sanytsch bedeutungsvoll an. – Wir wollen, – begann schließlich wieder der erste, wobei er sich die schwitzigen Handflächen am blauen Stoff seiner Trainingshose abwischte, – daß alles ehrlich läuft. Ihr seid neu hier, euch gab's hier vorher nicht. Das ist unser Terrain. Also müßt ihr zahlen. – Wir zahlen ja, – versuchte Goga zu scherzen, – ans Finanzamt. – Der dritte machte wieder seine ungeschickte Bewegung, und die Knarre rumpelte auf den Boden. Der vierte schnalzte ihm mit dem Finger gegen die Stirn, hob die Waffe auf und steckte sie in die Tasche seiner himbeerroten Trainingshose. – *Briderchen,* nix kapierst du, – fing der zweite wieder an, wobei er seinen ganzen Haß in das Wort *Briderchen* legte. – Wir sind die »Superxeroxe«, uns gehört das ganze Gebiet. – Was meint ihr damit? – fragte San Sanytsch. – Misch du dich nicht ein, ja? – unterbrach ihn der erste, und, zum zweiten, – du bist an der Reihe, Ljonja. – Ja, – sagte Ljonja darauf, – wir haben gute Beziehungen zu den Behörden. Das hier ist unser Terrain. Also müßt ihr zahlen. – Wir sind auch nicht gerade fremd hier, – versuchte Goga etwas zu sagen. – Uns kennt man hier im Prinzip. – Wer kennt dich,

Briderchen? – stieß der zweite hervor und ballte die Fäuste, aber der vierte faßte ihn am Arm, nur ruhig, Ljonja, nur ruhig, sie wissen ja selbst nicht, was sie tun. – Also, wer kennt dich? – Was heißt hier wer? – Goga versuchte, Zeit zu gewinnen. – Eigentlich mach ich in Rigips, ich hab Bekannte in Balaschowka plus Beziehungen zum Finanzamt. Dazu die Oschwanz-Brüder … – Was? – brüllte der zweite los, und Goga verstand, daß er den Namen Oschwanz besser nicht erwähnt hätte. – Oschwanz?! Diese Arschgesichter?!! Die haben doch uns, den »Superxeroxen«, eine Ladung alte Drucker abgekauft und an irgendwelche Doofköppe vom Traktorenwerk vertickt! Als Kopiermaschinen der neuen Generation! Und die haben sie an die Milizakademie weiterverscherbelt, im Dutzend billiger, zusammen mit unserer Garantie. Wir konnten uns grade noch rauswinden aus der Sache!!! Oschwanz!!! Oschwanz!!! – Der zweite zerrte an seiner blauen Trainingsjacke und brüllte den verdammten Namen durch den ganzen Klub. – Aber nicht nur die, – fügte San Sanytsch hinzu, um etwas hinzuzufügen, – wir sind auch bei der Stadtverwaltung … – Was?! – der zweite ließ ihn nicht ausreden, war wohl endgültig beleidigt. – Was für eine Stadtverwaltung?!! Willst du etwa auch noch behaupten, daß euch die Stadtverwaltung deckt?!!! Weißt du, was du da redest?!!! – Der vierte griff entschlossen nach der Waffe in seiner Tasche. Sense, dachte Goga, besser, der Krasnojarsker Omon hätte mich umgebracht, das wäre noch eher zu ertragen gewesen. Die vier rückten auf den Tisch vor, besetzten schon das halbe Zimmer. Weder Goga Bruchadse noch San Sanytsch hatten, so sah es jedenfalls aus, in dieser Lage etwas anderes zu erwarten als schwerste Körperverletzungen.

Da ging die Tür auf, und fröhlich grinsend und mit irgendwelchen Kopien wedelnd tänzelte Slawik ins Büro. Die vier hielten mit erhobenen Fäusten inne. Goga ließ sich langsam auf seinen Stuhl sinken, Sanytsch machte sich klein und tastete in der Tasche nach dem Telefon. Alle sahen Slawik an. – Hallöchen, – rief Slawik, ohne die allgemeine Anspannung zu bemerken, – hallöchen allerseits! – Er ging zu Goga und drückte ihm die Wattehand. – Geschäftspartner? – Erfreut zeigte er auf die vier und drückte dem, der ihm am nächsten stand, dem in Blau, ebenfalls die Hand und grinste. – Hier! – rief er triumphierend und warf Goga den Stoß Kopien hin. – Was ist das? – stöhnte Goga. – Die Erlaubnis! – stieß Slawik triumphierend hervor. – Die »Bestickten Tücher«! – Die »Bestickten Tücher«? – fragte Goga ungläubig. – Die »Bestickten Tücher«? – Sanytsch trat heran und linste auf die Unterlagen. – Die »Bestickten Tücher«, die »Bestickten Tücher«, – flüsterten die vier entsetzt und begannen, sich zur Tür zurückzuziehen. – Die »Bestickten Tücher«! – wiederholte Slawik triumphierend und sagte, zu Goga gewandt, in geschäftsmäßigem Ton: – Also, Georgi Dawydowytsch, mit den Feuerwehrleuten ist alles paletti, die Sache läuft über ihr Konto, ich hab alles bedacht, wir nehmen Bargeld und schreiben es als Schulden der Gemeinde ab, – er kicherte, unterbrach sich dann plötzlich, wandte sich den vieren zu und fragte streng: – Wolltet ihr was, Genossen? – Auch Goga schaute die vier jetzt fragend an, ohne sich jedoch zu trauen, dieselbe Frage zu stellen. – Bruder, – sagte schließlich der zweite und zog den Reißverschluß seiner blauen Jacke über der Brust hoch, – euch deckt also wirklich der Gouverneur? – Aber klar doch, – antwortete Slawik ungeduldig, und Goga raunte er zu: – Die Verluste schreiben wir über den Knabenchor ab, ich hab mit der Verwaltung alles klargemacht, in der Quartalsbilanz wird es als einmalige Spende für Waisenkinder auftauchen. – Das Kleeblatt drückte sich unschlüssig an der Tür herum. Der vierte versuchte, dem dritten die Knarre zuzustecken, der aber wehrte sich verzweifelt. – Was, ihr geht schon? – wandte sich Slawik dem Kleeblatt zu. – Georgi Dawydowytsch, wollen wir unsere Freunde hier nicht zu den »Bestickten Tüchern« einladen? – »Bestickte Tücher«, »Bestickte Tücher«, – stöhnten die vier und verschwanden einer nach dem anderen. Als sich die Tür hinter ihnen geschlossen hatte, atmete Goga tief aus, – gib mir eine Papirossa, – wandte er sich an Slawik. Slawik zog seine Glimmstengel und hielt sie Goga hin. Goga griff nach einer Zigarette, seine Lippen zitterten, unterwürfig hielt ihm Slawik ein Streichholz hin. Der Boß tat einen tiefen Zug und fing an zu husten. – Was war eigentlich los? – fragte Slawik unschuldig. – Slawik, – Goga wandte sich ihm zu, – du bist doch ein Mensch mit Erfahrung, oder? Zwanzig Jahre im Showbiz. Kennst diesen, wie heißt er gleich … – Grebenschtschikow, – half ihm Slawik. – Du hast das Charkiwer U2-Konzert organisiert, im Pionierpalast gearbeitet. Sag mir – gibt es einen Gott? – Es gibt ihn, – sagte Slawik. – Ganz ohne Zweifel. Aber das ändert auch nichts.

Vika schaute in der »Butterbrot-Bar« vorbei, – hallo, ihr schwulen Socken! – rief sie den Kompagnons zu, die einsam an einem Tisch saßen. Goga räusperte sich, – okay, – sagte er zu seinem Partner, – ich zieh ab nach Hause. – Ich mach hier alles dicht, – versprach Sanytsch. – Klar, kicherte Goga, schob sich verklemmt an Vika vorbei und verließ den

Klub. – Wo hast du gesteckt? – fragte Sanytsch. – Nicht dein Bier, – antwortete Vika. – Wo ist das Piercing? – interessierte sich Sanytsch. – Verkauft, – antwortete Vika. Danach tranken sie Wodka, Vika weinte und klagte über das Leben, sagte, sie habe sich von ihrer Freundin getrennt, die habe die Biege gemacht, weg aus dem Land, für immer. – Und du, warum bist du geblieben? – fragte Sanytsch. – Und du? – fragte ihrerseits Vika. – Ich hab mein Business hier, – sagte er. – Außerdem spreche ich keine Fremdsprachen. – Sie auch nicht, – sagte Vika, – sie ist Schauspielerin, spricht Körpersprache, kapiert? – Nicht ganz, – gab Sanytsch ehrlich zu. – Hör mal, – fragte ihn Vika, – du bist jetzt bald dreißig. Warum bist du nicht verheiratet? – Ich weiß nicht, – sagte Sanytsch, – ich hab Geschäfte gemacht. Drei Schußwunden gefangen. Dazu der gebrochene Arm. – Such dir irgendeinen Schwulen, – riet Vika. – Glaubst du, das hilft? – zweifelte Sanytsch. – Wohl kaum, – sagte Vika. – Wir fahren zu dir, willst du? – schlug er vor. – Ficken oder was? – Wir können auch ohne ficken, – sagte Sanytsch, – einfach so. – Einfach so geht nicht, – behauptete Vika in bestimmtem Ton. Und fügte hinzu: – Schade eigentlich, daß du kein Schwuler bist.

Später lagen sie auf dem Fußboden in ihrem Zimmer. Die Luft war dunkel und warm, Vika zählte seine Schußwunden, eine, – zählte sie, – zwei, drei. Ist das alles? – fragte sie irgendwie enttäuscht. – Ja, – sagte Sanytsch, als ob er sich rechtfertigen müßte. – Das ist fast wie Piercing, – sagte Vika, nur daß es nicht heilt. – Alles heilt, – antwortete er. – Was du nicht sagst, – Vika widersprach, – meine Freundin hat genauso geredet. Bevor sie in die Türkei abgezischt ist. – Eine Erfahrung mehr, – sagte Sanytsch weise. – Aha, – antwortete

Vika wütend, – so eine Erfahrung ist wie diese Dinger an deinem Körper – man sieht, wie oft sie versucht haben, dich umzubringen.

Der Klub lief wirklich grottenschlecht. Nicht einmal die erfolgreich durchgeführten »Bestickten Tücher« – die Pionierleiterinnen hätten Slawik fast verprügelt, weil er ohne anzuklopfen in die Maske spaziert war, als sich die Zehntkläßlerinnen gerade umkleideten – konnten die Lage verbessern. Goga saß abends im Büro und kalkulierte auf dem Taschenrechner die Verluste. Sanytsch verfiel in Depression, Vika rief nicht an und hob nicht ab, die Kohle ging ihnen aus. Sanytsch rauchte am Eingang und schaute neidisch zu, wie die »Superxeroxe« anfingen, ein Penthouse auf ihr Gebäude zu setzen. Das Business lief ganz offensichtlich nicht, Zeit, zu den »Boxern für Gerechtigkeit« zurückzukehren.

Eines Morgens kam Slawik und sagte, es gebe gute Neuigkeiten. – Wir werden ein Showprogramm machen, – sagte er. – Sie wollen keinen Striptease, – wandte er sich an Goga. – Na schön. Meinetwegen. Ich respektiere Ihre Wahl, Georgi Dawydowytsch, ja. Aber ich habe etwas, das Sie in Erstaunen versetzen wird, – Goga hörte ihm aufmerksam zu. – Ich, – sagte Slawik beiläufig, – habe mich endlich mit Raissa Solomonowna verständigt. Erst hat sie rundweg abgelehnt, es hieß, sie hätte Termine, ja, aber ich habe über meine eigenen Kanäle ein bißchen Druck gemacht. Sie kommt gleich, und es wäre toll, wenn alles glattginge, Sie verstehen schon, – und Slawik warf einen besorgten Blick auf Sanytsch. – Mit wem hast du dich verständigt? – erkundigte sich Goga seinerseits. – Sanytsch lachte hämisch auf. –

Mit Raissa Solomonowna, – wiederholte Slawik irgendwie trotzig. – Und wer soll das sein? – fragte Goga vorsichtig nach. – Wer das ist? – Slawik lächelte herablassend. – Raissa Solomonowna? Georgi Dawydowytsch, meinen Sie das im Ernst? – Okay, okay, laß die Spielchen, spuck's endlich aus, – unterbrach ihn Goga. – Also, – sagte Slawik, – mir fehlen die Worte. Wie wollen Sie denn im Klubgeschäft erfolgreich sein, wenn Sie nichts von Raissa Solomonowna wissen. Hm ... Na gut. Also so was ... Raissa Solomonowna ist das städtische Zigeuner-Ensemble, verdiente Künstlerin von Belarus. Sie haben bestimmt von ihr gehört, – rief Slawik zuversichtlich und griff nach einer Papirossa. – Und was hat sie hier bei uns verloren? – fragte Goga mißmutig. – Ich sag's ja, – Slawik tat einen Zug, – wir werden ein Showprogramm machen. Dienstags. An anderen Tagen kann sie nicht – da hat sie Termine. Ich habe alles vereinbart. Alle kennen sie, wir werden eine Marktlücke füllen. – Bist du sicher? – fragte Goga ohne Enthusiasmus. – Klar, – sagte Slawik und ließ seine Asche auf das gerade gelöste Kreuzworträtsel fallen. – Und was macht sie, diese Künstlerin? – fragte Goga. – Sie hat ein Repertoire, – beeilte sich Slawik mitzuteilen. – Eineinhalb Stunden. Musik vom Band. Zigeunerromanzen, Filmmusik, Gaunerlieder. – Und wie singt sie? – interessierte sich Sanytsch. – Auf weißrussisch? – Warum auf weißrussisch? – Slawik war gekränkt. – Obwohl, im Prinzip keine Ahnung. Auf zigeunerisch wahrscheinlich, es ist ja schließlich ein Zigeuner-Ensemble. – Kommt sie allein, – fragte Goga weiter, – oder hat sie Bären dabei?

Raissa Solomonowna traf gegen ein Uhr mittags ein, sie atmete schwer nach der Hitze auf der Straße. Sie war etwa fünfundvierzig, schminkte sich aber so stark, daß man auch falschliegen konnte. Eine schmächtige Brünette, hohe lederne Kanonenstiefel und ein durchsichtiges Hemdchen, sie komme gerade von einem Konzert im Kinderheim, sie habe gleich ein Plakat mitgebracht, damit keine Fragen offenblieben. Auf dem Plakat stand in roten Druckbuchstaben: »Die Philharmonie Charkiw lädt ein. Die Verdiente Künstlerin von Belarus Raissa Solomonowna. Morgenrufe«. Die unteren Zeilen »Uhrzeit« und »Preis« waren nicht ausgefüllt. – Na, – sagte Raissa Solomonowna munter, – zeigt mal her euren Klub. – Alle gingen in den Saal. – Was ist das hier, – fragte die Künstlerin, – ein Fast food oder ein Pub? – Ein Schwulenklub, – antwortete Goga unsicher. – Kraß, – sagte Raissa Solomonowna und ging auf die Bühne. Slawik als Vertreter des Showbiz legte die Musik ein.

Raissa Solomonowna fing mit Gaunerliedern an. Sie sang laut, wandte sich an das imaginäre Publikum und wedelte verführerisch mit den Armen. Goga gefiel es erstaunlicherweise, er lachte, sang mit, man merkte gleich, daß er die Texte kannte. Slawik stand gespannt neben der Anlage und behielt seinen Chef unauffällig im Auge. Sanytsch sah verstört aus. Nach dem fünften Lied klatschte Goga Beifall und bat um eine Pause, ging zur Bühne, reichte der Sängerin die Hand und führte sie zu sich ins Büro. Sanytsch folgte unsicher. – Großartig, – sagte Goga zu Raissa Solomonowna, – einfach klasse. Raissa, wie weiter ... – Solomonowna, – half sie. – Genau, – stimmte Goga zu. – Trinken wir einen zusammen. – Und singen werden wir nicht mehr? – fragte die Sängerin. – Heute nicht, – sagte Goga. – Heute wollen wir auf unsere Bekanntschaft anstoßen. – Na gut, – willigte Raissa Solomonowna ein, wenn Sie erlauben, werde ich mich nur schnell umziehen, es ist so heiß hier bei Ihnen. – Alles, was Sie wollen, – sagte Goga heiter, rief in der Bar an und bestellte zwei Flaschen kalten Wodka. Raissa Solomonowna zog die Kanonenstiefel aus und holte aus ihrem Täschchen flauschige Pantoffeln in Kätzchengestalt hervor. Goga schaute auf die Kätzchen und öffnete die erste Flasche. Sanytsch sah, worauf das alles hinauslaufen würde, und schaltete deprimiert sein Handy ab. Slawik wurde nicht dazugeladen. Er kam von allein.

Zunächst stießen sie auf ihre Bekanntschaft an. Dann begannen sie zu singen. Goga schlug vor, zurück auf die Bühne zu gehen, Raissa Solomonowna war einverstanden und kletterte, wie sie war, in Pantoffeln, auf die Estrade. Goga kletterte in ihren ledernen Kanonenstiefeln hinterher. Mit den Stiefeln und im Seidenhemd von Armani sah er aus wie ein Rasnotschinze. Slawik legte die Musik ein. Raissa Solomonowna sang wieder Gaunerlieder, Goga sang mit. Die Kanonenstiefel glänzten im Licht der Soffittenlampen.

Im Klo stieß Sanytsch auf Slawik. Dem ging's schlecht, er bespritzte sich mit Wasser aus dem vorsintflutlichen Becken und schnappte nach der heißen Luft. – Sehr schlimm? – fragte ihn Sanytsch. – Alles paletti, – röchelte Slawik. – Slawik, – sagte San Sanytsch, – ich wollte dich schon lange fragen, vielleicht ist das nicht der richtige Ort für so ein Gespräch, ich weiß aber nicht, ob wir noch die Gelegenheit haben, sag, wie hältst du's mit den Schwulen? – Slawik steckte den Kopf unter den kalten Wasserstrahl, prustete und ging an der Wand in die Hocke. Schwieg eine Weile. – Ich will

Ihnen, San Sanytsch, folgendes sagen, – fing er in vertrauensvollem Ton an, während er Wasser spuckte. – Ich habe überhaupt keinen Bock auf Schwule. Aber, – er hob den Zeigefinger, – dafür gibt es Gründe. – Was für Gründe? – fragte Sanytsch; er wollte nicht zurück in den Saal, besser hier abwarten. – *Persönliche* Gründe, – teilte Slawik mit. – Ich bin Allergiker. Wir Allergiker sind in der Regel auf Dope. Ich zum Beispiel, – sagte Slawik und holte eine Papirossa heraus, – bin süchtig. Schon seit zehn Jahren. Früher bekam ich das Zeug verschrieben. Aber irgendwann war Schluß mit Antörnen. Meine Schwester hat bei einem Pharmaunternehmen gearbeitet, die haben eine Fabrik in der Nähe von Kiew eröffnet. Von den Deutschen bekamen sie Ausrüstung für eine halbe Million, eine ganze Halle wurde im Rahmen eines Hilfsprogramms ausgestattet. Haben ganz schön zugelangt, die Fabrik wurde mit großem Tamtam eröffnet. Joschka Fischer kam zur Eröffnungsfeier, der Bundespräsident, – Slawik stieß nervös Rauch aus. – Der ehemalige, – verbesserte er sich. – Die Halle wurde also in Betrieb genommen, eine Probepartie gefertigt, aber dann sagte die Aufsichtsbehörde: für den Arsch, die Erzeugnisse entsprechen nicht der Norm, zu hoher Anteil von Morphin. – Wovon? – Sanytsch kapierte nicht. – Von Morphin, – wiederholte Slawik. Die Sache war – die Maschinen kamen von drüben und das Rohmaterial von uns. Da deren Technik aber auf ein abfallfreies Fertigungsverfahren eingestellt ist, das heißt, Abfälle gibt es da einfach nicht, wurde eine Massenproduktion von mittelharten Drogen draus. Das Programm wurde auf Eis gelegt, klaro. Die Fabrik machte pleite. Die Gewerkschaften wirbelten viel Staub auf und wurden von unseren Grünen unterstützt. Man schrieb einen Brief an Joschka Fischer. Er hat aber nie geantwortet. Kurz, alle wurden gefeuert, meine Schwester auch. Um den Konflikt mit den Gewerkschaften irgendwie beizulegen, bekam das Kollektiv seinen Lohn in Naturalien ausbezahlt. Jetzt stehen sie an der Schnellstraße nach Zhytomyr und verkaufen die Tabletten an Touristen, zusammen mit chinesischen Stofftieren. Meine Schwester hat mir ein paar Schachteln mitgebracht. Ich bin also Allergiker, damit Sie es wissen … – Und was haben die Schwulen damit zu tun? – fragte Sanytsch nach einer langen Pause. – Weiß der Kuckuck, – gestand Slawik. – Nehmen Sie, hier, – sagte er und reichte Sanytsch zwei Tabletten. – Geiles Zeug. Haut einen sofort um. – Sanytsch nahm die Tabletten und schluckte eine nach der anderen. Schlimmer kann's nicht werden. Es wurde nicht schlimmer.

Raissa Solomonowna war total dicht. Sie riß Goga das Mikrofon aus der Hand und begann, Filmmusik zu singen. Ihre rote Perücke hatte sie dem gemarterten Slawik aufgesetzt. Goga versuchte, ihr das Mikro wieder wegzunehmen, sie aber krallte sich in seine Haare und kreischte los. Slawik wollte sie von seinem Boß wegzerren, aber vergeblich – Raissa Solomonowna hielt Goga mit einer Hand fest und versuchte mit der anderen, ihm die Augen auszukratzen. Anfangs wollte Goga sie wegstoßen, dann aber wurde auch er wild und fuchtelte mit den Fäusten. Sein erster Schlag streckte Slawik nieder. Slawik hielt sich den Unterkiefer und stürzte sich wieder auf Raissa Solomonowna, um sie wegzuziehen. Als Raissa auf Gegenwehr stieß, wurde sie endgültig zum Tier und warf sich mit neuer Kraft auf Goga. Nach einigen vergeblichen Versuchen erreichte sie seine linke Wange und hinterließ dort blutige Furchen und abgebrochene künstliche Fingernägel.

Goga brüllte auf, ging einen Schritt zurück und trat Raissa Solomonowna mit voller Wucht in den Bauch. Raissa stürzte zusammen mit Slawik, der sich an sie klammerte, in den Saal. Fluchend wischte sich Goga das Blut ab. – Sanytsch, – rief er, – Freund, schaff die Hexe hier raus. Und dreh ihre Musik ab, – rief er. Sanytsch ging zur Sängerin, packte sie unter den Achseln und schleifte sie zum Ausgang. Slawik in seiner Perücke heulend hinterher. Goga schaute sich alles von der Bühne aus an und fluchte. – Hexe, – schrie er, – verdammte Hexe! – Sanytsch holte ein Taxi, steckte Slawik Knete zu und kehrte in den Klub zurück. Goga saß am Bühnenrand, wischte sich das Blut mit dem seidenen Ärmel ab und trank Wodka direkt aus der Flasche. – So eine Hexe! – heulte er und vergrub sein Gesicht an Sanytschs Brust. – Was hab ich ihr denn getan? Diese Hexe! – Alles in Ordnung, Bruder, – antwortete Sanytsch. – Komm, ich bring dich nach Hause. – Sie gingen auf die Straße. Der Bucklige stand neben seinem Wagen, schaute auf Goga in den Kanonenstiefeln, dann musterte er Sanytsch mit einem nachdenklichen Blick und setzte sich wortlos ans Steuer. Unterwegs schwiegen sie, nur Goga schluchzte von Zeit zu Zeit. – Mein Nachbar ist auch ne schwule Socke, – versuchte der Bucklige ins Gespräch zu kommen. – Echt? – antwortete Sanytsch düster. – Und bei mir ist das ganze Treppenhaus voll.

Am nächsten Morgen erwachte Goga zu Hause, in seinem Bett, angekleidet und in Kanonenstiefeln. Er warf einen nachdenklichen Blick auf die Stiefel und versuchte, sich zu erinnern. Aber es gelang ihm nicht. Verdammt, dachte Goga, was mache ich nur. Ich bin bald dreißig, ein normaler gesunder Geschäftsmann, die Tussies schwärmen nur so für mich. Okay, dachte er dann, die Tussies schwärmen nicht für mich, aber egal – wozu brauche ich diesen Klub, wozu diese Schwulen, warum mache ich mir mein Leben kaputt? Er streckte die Hand nach dem Telefon aus, wählte die Nummer eines ihm bekannten Großhändlers und kaufte auf der Stelle eine Partie Rigips.

Sanytsch kam irgendwann am Nachmittag in die »Butterbrot-Bar«. Am Eingang stand der verängstigte Wachmann. – San Sanytsch, – sagte er, – Georgi Dawydowytsch hat … – Das werden wir gleich klären, – antwortete Sanytsch kurz und betrat den Klub. Der Saal war voller Kisten. Sie standen überall. Die Tische waren in der Ecke aufgestapelt. Niemand hinter dem Tresen. Sanytsch ging zu Goga. Goga saß da, die Beine auf den Schreibtisch gelegt, und plauderte angeregt am Telefon. Vor ihm auf dem Tisch standen die Kanonenstiefel. – Was ist das? – fragte Sanytsch und zeigte mit dem Finger in Richtung Saal. – Was? – fragte Goga unschuldig zurück. – Ach, das im Saal? Rigips. Hab preiswert eine Partie gekauft. – Und was wird mit der »Butterbrot-Bar«? – fragte ihn Sanytsch. – Nichts, – antwortete Goga. – Macht ja nur Verluste. Ich bin im Minus, Sanytsch, was für »Butterbrot« also? Ich werde gleich den Rigips verscheuern und ab nach Zypern. – Und was ist mit exotischer Freizeitgestaltung? – fragte ihn Sanytsch. – Was für exotische Freizeitgestaltung denn? – Goga lachte nervös. – Unsere Mentalität ist anders, verstehst du? – Und wie ist unsere Mentalität? – Weiß der Teufel, – antwortete Goga. – Was braucht unsere Mentalität schon für exotische Freizeitgestaltung – Wodka und Tussen, das genügt. Aber woher denn Wodka, bei all euren Schwulen? Ganz zu schweigen von den Tussen, – fügte er tragisch hinzu.

Aus dem Saal drang ein greller Schrei. Die Tür sprang auf, und Slawik stürzte herein. – Was? – schrie er. – Was ist das? – Er zeigte verzweifelt in Richtung Saal. – Georgi Dawydowytsch, Sanytsch, was ist das? – Rigips, – antwortete ihm Sanytsch. – Rigips? – Rigips, – bestätigte Sanytsch. – Wozu denn Rigips? – Rigips, Slawik, – erklärte ihm Goga, – verwendet man beim Bau von architektonischen Objekten. – Georgi Dawydowytsch macht den Laden dicht, – erklärte Sanytsch. – Er wird jetzt auf Zypern mit Rigips handeln. – Wieso Zypern? – widersprach Goga beleidigt, aber Slawik hörte ihn gar nicht. – Was? – fragte er. – Macht den Laden dicht? Einfach so – den Laden dicht? Und ich? Und unsere Pläne? – Was denn für Pläne? – unterbrach ihn Goga. – Ach so, verstehe, – heulte Slawik, – hab ich's mir doch gedacht. Ihnen bedeutet es nichts – heute auf- und morgen dichtgemacht, einfach bloß *so*. Ich verstehe Sie, ich an Ihrer Stelle würde es auch *so* machen. Ja. Wenn es aber zur Sache geht, wenn es gilt, die »Bestickten Tücher« durchzuboxen, dann muß Slawik ran. Oder Raissa Solomonowna einzuladen, dann Slawik, bitteschön. – Eine Hexe ist sie, deine Raissa Solomonowna! – schrie Goga. – Eine verdammte Hexe! – Ach? – rief Slawik zurück. – Raissa Solomonowna ist Künstlerin! Sie hat ein Repertoire! Und Sie treten ihr in die Leber! – Wie das – in die Leber? – fragte Goga verwirrt. – Ja! Mit dem Fuß! In die Leber! Und sie hat ein Repertoire! – Slawik hielt es nicht mehr aus, ließ sich in einen Stuhl fallen, umfing den Kopf mit den Händen und schluchzte los. Ein bedrücktes Schweigen trat ein. – Sanytsch, – fing Goga endlich an zu reden. – Sanytsch, was hab ich? Wirklich? In die Leber getreten? – Es war Notwehr, – sagte Sanytsch und wandte den Blick ab. – Das darf doch nicht wahr sein, – flüsterte Goga und umfing ebenfalls den Kopf mit den Händen. San Sanytsch ging an die Luft. Auf der anderen Straßenseite standen zwei »Superxeroxe« in grünen Trainingsanzügen und verschwammen fast im Juligrün.

Vielleicht löste die Geschichte mit der Leber, also mit Raissa Solomonowna, bei Goga eine Reaktion aus. Etwas brannte bei ihm durch, vielleicht schämte er sich vor dem Kollektiv, auf jeden Fall vertickte er am nächsten Morgen den Rigips an den Direktor des Freizeitparks und lud Sanytsch und Slawik zu einem Gespräch ein. Sanytsch wurde von Depressionen gequält, aber er riß sich zusammen und machte sich auf den Weg. Als letzter tauchte Slawik auf, er war gefaßt und sah streng aus. Goga bemühte sich, ihm nicht in die Augen zu sehen. Die Kanonenstiefel standen immer noch auf dem Tisch, Goga wußte wohl einfach nicht, wohin damit. Sie setzten sich. Schwiegen eine Weile. – Darf ich? – Slawik meldete sich wie ein Schüler. – Bitte sehr, – gestattete Goga zuvorkommend. – Lassen sie mich beginnen, Georgi Dawydowytsch, – fing Slawik an. – Ich hab uns die Suppe eingebrockt, also ist es auch an mir, das Projekt zu retten. – San Sanytsch sah ihn entsetzt an. – Ich verstehe, – sagte Slawik, – wir alle haben Fehler gemacht. Sie sind neu in diesem Business, und ich hab vielleicht nicht immer richtig aufgepaßt. Lassen wir das. Keine Schuldzuweisungen, – sagte Slawik mit einem Blick auf Sanytsch. – Aber noch ist nicht alles verloren. Ich habe immer noch einen Trumpf im Ärmel. Ja, – sagte er, – gleich kommen sie. – Wer? – fragte Goga entsetzt. – Die Bokins!

Und Slawik erzählte von den Bokins. Die Stripperinnen vom Pionierpalast hatten sie ihm empfohlen. Das Bokin-Duett – Vater und Sohn – waren Zirkusclowns, vor einigen Monaten aber, wegen finanzieller Probleme, mit denen der städtische Zirkus zu kämpfen hatte, den Einsparungen zum Opfer gefallen und widmeten sich jetzt ihrer Solokarriere, wie Slawik es formulierte. Seinen Worten zufolge hatten sie ein *geiles* Showprogramm, eineinhalb Stunden, mit Musik, akrobatischen Einlagen und Kartentricks. Slawik setzte voll auf die Bokins, sie waren seine letzte Chance.

Dann kamen die Clowns. – Bokin Iwan Petrowytsch, – stellte sich Bokin senior vor und drückte Goga und San Sanytsch die Hand. – Bokin Petja, – grüßte der Sohn, war aber zu schüchtern, um jemandem die Hand zu drücken. Goga forderte sie auf, sich zu setzen. – Also, – begann Bokin senior, nahm die Brille ab und polierte sie mit dem Taschentuch. – Ich habe gehört, in welcher Lage Sie sich befinden. Petja und ich können Ihnen, glaube ich, helfen. – Was haben Sie denn für ein Programm? – interessierte sich Goga. – Wir sind eine Distanzie, – sagte Iwan Petrowytsch. – Dynastie, – verbesserte ihn Petja. – Ja, – stimmte Iwan Petrowytsch zu. – Wir sind eine Zirkusdynastie, seit neunzehnhundertsiebenundvierzig. Damals wollte meine Schwester auf die Zirkusfachschule. – Und, hat sie es geschafft? – fragte Goga. – Nein, – antwortete Iwan Petrowytsch, – also, der Zirkus liegt uns im Blut. Damit Sie es wissen, junger Mann, ich selbst kam neunzehnhundertdreiundsiebzig auf den zweiten Platz beim Republikwettbewerb junger Estradenkünstler in Krementschuk. Mit meiner Nummer »Afrika, Kontinent der Freiheit« habe ich beim überregionalen Agitatorentreffen in Artek neunzehnhundertachtundsiebzig richtig Furore gemacht. Nein, – widersprach Iwan Petrowytsch sich plötzlich selbst, – es war neunundsiebzig. Ja – neunzehnhundertneunundsiebzig, in Artek! – Und für uns, – versuchte Goga sich einzuschalten, – für uns werden Sie auch »Afrika, Kontinent der Freiheit« geben? – Nein, – widersprach Iwan Petrowytsch bestimmt, – nein, junger Mann. Wir versuchen, mit der Zeit zu gehen. Petja und ich haben ein gemeinsames Programm, eineinhalb Stunden, jede weitere Stunde kostet extra, Einnahmen – Ausgaben, alles offiziell, alles legal. Das Honorar kann auch überwiesen werden, dann kommen zehn Prozent Bankgebühren dazu. – Okay, – sagte Goga, – kapiert. Aber kennen Sie unsere Spezifik? – Was für eine Spezifik denn? – fragte Iwan Petrowytsch und warf Slawik einen unzufriedenen Blick zu. – Wir sind ein Schwulenklub, – sagte Goga. – Ein Klub für Schwule, verstehen Sie? – Also, was haben wir für Schwule, – Iwan Petrowytsch holte ein abgewetztes, liniertes Heft aus der Sakkotasche. – Achtzig Dollar die Stunde. Plus jede weitere Stunde extra. Plus zehn Prozent Bankgebühren, – fügte er feierlich hinzu. – Haben Sie denn überhaupt schon mal mit so einem Publikum gearbeitet? – Goga zweifelte immer noch. – Ehem, ehem, – Iwan Petrowytsch räusperte sich. – Wir sind erst kürzlich auf der Weihnachtsfeier einer Consultingfirma aufgetreten. Ein solides, akkurates Publikum, kann ich Ihnen sagen. Und stellen Sie sich vor, da kommt doch der Geschäftsführer zu uns und sagt … – Gut gut, – unterbrach ihn Goga, – ich kenne Consulting. – Na und? – gab Slawik Laut. – Nehmen wir die Bokins? – Ja ja, – antwortete Goga, – aber wie stellst du dir das alles eigentlich vor? – Hören Sie her, – Slawik übernahm die Initiative, – Georgi Dawydowytsch, ich habe mir alles genau überlegt. Was steht unmittelbar bevor? – Hm? – fragte Goga. – Die Johannisnacht! Wir veranstalten eine schwule Johannisnacht! – sagte Slawik und lachte fröhlich. Die Bokins lachten auch – Iwan Petrowytsch heiser und erkältet, Petja glockenhell und irgendwie unpassend. Auch Goga fing an zu lachen, sein Lachen klang besonders nervös und unsicher. Als sie sich verabschiedet hatten, schon an der Tür, drehte Iwan Petrowytsch sich um. – Ihre? – fragte er und zeigte auf die Kanonenstiefel. – Ja, – sagte Goga. – Von Freunden. Aus Zypern. Aber nicht meine Größe. – Bokin senior trat näher und berührte den Stiefelschaft. – Gute Qualität, – sagte er mit Expertenmiene.

Die schwule Johannisnacht bereiteten sie ganz besonders sorgfältig vor. Goga überließ nichts mehr Slawik und kümmerte sich selbst um die Gäste. Wieder wurden Geschäftspartner eingeladen, Großhändler, Jugendfreunde und die Oschwanz-Brüder, von denen aber nur Grischa kam, denn Sawa hatte bei der Schlägerei im Traktorenwerk etwas abbekommen und lag mit gebrochenen Rippen im Krankenhaus Nr. 4. Slawik durfte besagte Mitarbeiterinnen des Pionierpalastes einladen, alle vier. Außerdem kam ein Haufen unbekannter Leute, die wer weiß was hergelockt hatte, die schwule Johannisnacht jedenfalls nicht. Der Knaller des Abends waren natürlich Iwan Petrowytsch und Petja Bokin. Speziell für das Fest, sagten sie, hatten sie die Nummer »Feuer Kairos« einstudiert, die, wie Slawik, der auf der Generalprobe gewesen war, überzeugend versicherte, das Publikum vom Hocker reißen werde. In Pharaonenkostümen, die sie im Freizeitpark geliehen hatten, betraten die Bokins die Bühne. Musik erklang. Die Spots flammten auf. Petja

Bokin bog sich grazil zur Brücke. Iwan Petrowytsch strengte sich an, krächzte, und machte auch eine Brücke. Das Publikum applaudierte. Grischa Oschwanz, der schon betrunken gekommen war, sprang auf, konnte sich aber nicht halten und ging zusammen mit einem Kellner zu Boden. Die Wachleute eilten herbei, um ihn aufzuheben und hinauszubegleiten, aber Grischa leistete Widerstand. Er stieß einen der Wachleute zu Boden und setzte sich erfolgreich gegen den zweiten zur Wehr. Sanytsch sah die Schlägerei und ging dazwischen. Die Großhändler, die ihre Krawatten schon abgelegt hatten, sahen, daß Grischa Oschwanz verprügelt wurde, ließen die Vergangenheit Vergangenheit sein und eilten ihm zu Hilfe. Inzwischen schleuderte Grischa den zweiten Wachmann auf die Bühne, wo er das Gerüst rammte, an dem die Scheinwerfer angebracht waren. Das Gerüst wankte und brach über Iwan Petrowytsch zusammen, der gerade in der Brücke stand. Bokin junior sah nichts von alledem, weil er ja selbst gerade eine Brücke machte, die Zuschauer wollten Iwan Petrowytsch unter den Armaturen hervorziehen, wurden aber von Grischa daran gehindert, der sich mit den Wachleuten und den Großhändlern gleichzeitig angelegt hatte und keinem weichen wollte. Da wandte Bokin junior schließlich doch den Kopf und erblickte seinen Vater unter einem Haufen Metallschrott. Er wollte zu ihm, aber sein Vater streckte gebieterisch die Hand aus, zurück auf die Bühne, du bist Künstler, also los – schenke den Menschen Freude! Und Petja verstand ihn, verstand auch ohne Worte diesen letzten väterlichen Befehl. Und machte wieder eine Brücke. Auch das Publikum verstand alles, überwältigte Grischa Oschwanz und zerrte ihn in die Toilette, um ihm kaltes Wasser überzugießen. – Los, Petja, los, mein

Sohn, – flüsterte Iwan Petrowytsch unter den Armaturen hervor, da hörte man eine Explosion – Grischa Oschwanz, einer gegen alle, hatte eine Handgranate aus der Jackentasche gezogen und sie in die hinterste Kabine geworfen. Die Kloschüssel zerbarst wie eine Walnuß, aus der Kabine quoll Rauch, die Gäste drängten zum Ausgang. Sanytsch versuchte, die zusammengeschlagenen Wachleute auf die Beine zu bringen, Goga stand vor der Bühne und schnallte in dem ganzen Lärm und Rauch überhaupt nichts mehr. – Georgi Dawydowytsch! Georgi Dawydowytsch! – Slawik kam ganz außer Atem angerannt. – Ein Unglück, Georgi Dawydowytsch. – Was ist passiert? – fragte Goga verwirrt. – Der Kassierer! Der Arsch ist verschwunden! Mit der Tageskasse! – Wohin verschwunden? – Goga verstand nicht. – Gar nicht weit von hier! – Slawik schrie immer noch. – Ich weiß es. Schmeißt die Knete in Spielautomaten! Los, kommen Sie, den kriegen wir noch! Und Slawik rannte zum Ausgang. Goga folgte gegen seinen Willen. Sanytsch ließ von den geprügelten Wachleuten ab und ging ihnen nach. Draußen wartete schon der Bucklige. – Steigt ein, – rief er, – schnell! Außer Slawik, Goga und San Sanytsch zwängten sich noch zwei Mitarbeiterinnen des Pionierpalasts ins Auto, außerdem Petja Bokin und, was bemerkenswert ist, der verrußte und taub gewordene Grischa Oschwanz, der am lautesten schrie, als ob es sein Geld gewesen wäre. Der Bucklige brauste los, Slawik zeigte den Weg, wurde dabei aber von Grischa gestört, dessen Sakko immer noch glomm. Der Bucklige regte sich auf, doch er gab weiter Gas, so daß die Mitarbeiterinnen des Pionierpalastes in den Kurven kreischten, schließlich aber verlor der Bucklige die Kontrolle über das Fahrzeug, und das Taxi geriet auf die Gegenfahrbahn, rutschte von der Straße und raste in einen Zeitungskiosk. Die Zeitungen flatterten wie aufgescheuchte Hühner um sie herum. Vier Uhr früh, es war ganz still und ruhig. Auf der Straße fuhr ein Spritzauto. Langsam öffnete sich die Tür des demolierten Taxis, und die Passagiere kletterten heraus. Als erster Grischa Oschwanz, im Sakko mit nur einem Ärmel, er sah die Zeitungspacken, nahm einen und ging die Straße hinunter. Nach ihm kam, im Pharaonenkostüm, Petja Bokin mit schlangengleicher Gewandtheit herausgekrochen. Hinter Petja fiel San Sanytsch aus dem Auto und zog die zwei Mitarbeiterinnen des Pionierpalastes nach. Zwischen den Mitarbeiterinnen klemmte Slawik. Dann holten sie Goga. Goga hatte das Bewußtsein verloren, wahrscheinlich vor Kummer. Der Bucklige stieg selbst aus, er schien jetzt noch buckliger zu sein. Am meisten gelitten hatte im Prinzip Angela, eine der Mitarbeiterinnen des Pionierpalastes – unterwegs hatte Grischa Oschwanz ihr einen Zahn ausgeschlagen. San Sanytsch trat zur Seite und holte sein schon gestern ausgeschaltetes Telefon aus der Tasche. Versuchte, es einzuschalten. Schaute, wieviel Uhr es war. Vier Uhr fünfzehn. Prüfte die Mailbox auf neue Nachrichten. Es waren keine neuen Nachrichten drauf.

Einen Monat später hatte Goga alles neu renoviert, seine Schulden bezahlt und in der »Butterbrot-Bar« eine Spielhalle eröffnet. Der Bucklige arbeitete jetzt bei ihm als Kassierer. Slawik und Raissa Solomonowna waren gemeinsam in den Fernen Osten gereist. Sanytsch stieg aus. Goga bat ihn zu bleiben, sagte, mit den Spielautomaten würden sie sich schnell sanieren, und flehte, ihn nicht ganz allein diesem Buckligen zu überlassen. Aber Sanytsch sagte, alles okay, er brauche keine Prozente und wolle einfach gehen. Sie trennten sich als Freunde.

Aber das ist noch nicht alles.

Einmal, Anfang August, traf Sanytsch auf der Straße Vika. – Hi, – sagte er, – hast du ein neues Piercing? – Ja, wollte nicht, daß sich die Wunden schließen, – antwortete Vika. – Warum hast du nicht angerufen? – fragte Sanytsch. Vika antwortete nicht. – Ich fliege in die Türkei. Will meine Freundin überreden zurückzukommen. Fühle mich mies ohne sie, verstehst du? – Und was ist mit mir? – fragte Sanytsch, aber Vika strich ihm nur über die Wange und ging ohne ein weiteres Wort in Richtung U-Bahn.

Ein paar Tage später hörte Sanytsch von Doktor und Busja. Lieber Sascha, sagten sie, wir laden dich zu uns ein aus Anlaß des Geburtstages unseres Doktors. Sanytsch nahm seine letzte Knete, kaufte im Geschäft »Geschenke« eine Plastik-Amphore und fuhr auf den Geburtstag. Doktor und Busja wohnten etwas außerhalb, in einem alten Privathaus, zusammen mit Doktors Mutter. Sie begrüßten ihn freudig, man setzte sich zu Tisch und trank trockenen Rotwein. – Wie steht's mit der »Butterbrot-Bar«? – fragte Doktor. – Es gibt keine »Butterbrot-Bar« mehr, – antwortete Sanytsch, – abgebrannt. – Schade, – sagte Doktor, – war ein nettes Plätzchen. Und was willst du jetzt machen? – Ich gehe in die Politik, – sagte Sanytsch. – Bald sind Wahlen. – Da klingelte das Telefon, Doktor nahm den Hörer ab und stritt sich lange mit jemandem herum, danach entschuldigte er sich, knallte die Tür hinter sich zu und verschwand. – Was ist los? – fragte Sanytsch. – Ach, seine Mutter, – lachte Busja, – die alte Bohnenstange. Nervt den Doc dauernd, will, daß er mich abserviert, macht rüber zur Nachbarin und ruft von dort an. Aber der Doktor bleibt standhaft. Auf seine Gesundheit! – Busja rückte näher an Sanytsch heran. – Hör mal, Busja, – sagte Sanytsch nach einigem Überlegen, – ich wollte dich was fragen. Du und der Doktor, ihr seid schwul, oder? – Also ... – begann Busja unsicher. – Also okay, schwul, – unterbrach ihn Sanytsch. – Und ihr lebt zusammen, oder? Also offensichtlich liebt ihr euch, wenn ich das richtig verstehe. Aber eins mußt du mir erklären – physiologisch, wie soll ich sagen, physiologisch fühlt ihr euch wohl miteinander? – Physiologisch? – Busja verstand nicht. – Ja, physiologisch halt, also wenn ihr zusammen seid, fühlt ihr euch wohl? – Warum fragst du? – Busja war verlegen. – Also entschuldige, natürlich, – antwortete Sanytsch, – wenn es etwas Intimes ist, brauchst du es nicht zu sagen. – Aber nein, nicht doch, – Busja wurde noch verlegener. – Verstehst du, Sascha, die Sache ist die, im Prinzip ist das gar nicht so wichtig, also ich meine das Physiologische, verstehst du mich? Die Hauptsache ist etwas anderes. – Und was? – fragte ihn Sanytsch. – Die Hauptsache ist, daß ich ihn brauche, verstehst du? Und er braucht mich, glaube ich. Wir verbringen unsere ganze Zeit miteinander, lesen, gehen ins Kino, joggen morgens zusammen – du weißt doch, daß wir joggen? – Nein, keine Ahnung, – sagte Sanytsch. – Wir joggen, – versicherte Busja. – Und das Physiologische, eigentlich gefällt es mir gar nicht, also, verstehst du, wenn wir zusammen sind. Aber das habe ich ihm nie gesagt, wollte ihn nicht kränken. – Warum ich frage, – sagte Sanytsch. – Ich habe eine Bekannte, super Frau, nur daß sie viel trinkt. Einmal haben wir miteinander geschlafen, kannst du dir das vorstellen? – Also weißt du, – sagte Busja unsicher. – Und siehst du, bei mir genau dasselbe – es ging mir gut mit ihr, sogar ohne Sex, verstehst du? Sogar wenn sie betrunken war, und betrunken war sie immer. Und jetzt ist sie ab in die Türkei, kannst du dir das vorstellen? Und ich verstehe einfach nicht – was ist hier die Moral, warum kann ich, ein normaler, gesunder Kerl, nicht einfach mit ihr zusammen sein, warum haut sie ab in die Türkei, und ich kann sie nicht mal aufhalten. – Ja, – antwortete Busja nachdenklich. – Also, – Sanytsch betrachtete ihn. – Ich habe gedacht, daß wenigstens bei euch Schwulen alles okay ist. Und bei euch genau derselbe Scheiß. – Mhm, – stimmte Busja zu, – genau derselbe. – Na, dann werd ich mal, – sagte Sanytsch. – Grüß mir den Doc. – Warte, – Busja hielt ihn zurück. – Warte einen Moment. – Und lief in die Küche. – Da, nimm, – sagte er, als er zurückkam, und hielt Sanytsch ein Päckchen hin. – Was ist das? – fragte Sanytsch. – Kuchen. – Kuchen? – Ja, Apfelkuchen. Den hat Doktor gebacken, extra für mich. Überhaupt, weißt du, da hast du von Sex geredet. Aber es gibt einfach Sachen, da muß ich weinen. Dieser Kuchen zum Beispiel. Ich weiß doch, daß er ihn extra für mich gebacken hat. Wie könnte ich ihn da verlassen? Weißt du, ich hatte einen Bekannten, der hat mir erklärt, was der Unterschied ist zwischen Sex und Liebe. – Was denn? – fragte Sanytsch. – Also, grob gesagt – Sex ist, wenn ihr fickt, und danach willst du, daß sie so schnell wie möglich abhaut. Liebe dagegen, wenn ihr fickt und du nach dem Fick willst, daß sie so lange wie möglich bleibt. Hier, nimm, – er hielt Sanytsch das Päckchen hin. – Wie, – sagte Sanytsch nachdenklich, – und das ist die Moral? – Quatsch, überhaupt keine Moral. Bloß ein Stück Kuchen.

Er ging zur Bushaltestelle. Auf dem Weg schloß sich ihm ein Hund an. So gingen sie – vorne Sanytsch mit dem Kuchen, dahinter der Hund. Um sie herum wuchs die warme August-dämmerung. Sanytsch kam zur Haltestelle, setzte sich auf die Bank und wartete. Der Hund setzte sich ihm gegenüber. Sanytsch betrachtete ihn lange. – Okay, – sagte er, – Bello, heute ist dein Tag. Zu Ehren des internationalen Tags der Solidarität von Schwulen und Lesben gibt es Kuchen! – Der Hund leckte sich zufrieden die Schnauze. Sanytsch nahm das Päckchen und brach den Kuchen. Fast genau in zwei Hälften.

Ballade von Bill und Monika

Beziehungen werden von Vertrauen getragen. Also zum Beispiel, du vertraust Gott dem Herrn, sagst zu ihm, okay, Herr, ich vertraue dir, nur dir allein, hier hast du meine letzten fünf Dollar, setze du sie. Der Herr nimmt deinen Fünfer, sagt du sollst einen Moment warten, und verpulvert die ganze Knete gleich beim ersten Spiel, ohne auch nur eine theoretische Chance, sie zurückzugewinnen. Das ist vielleicht nicht gerade das beste Beispiel, aber egal. Aus unerfindlichen Gründen vertrauen die Menschen einander oft nicht, drehen sich im entscheidenden Moment einfach weg, schlafen ein und schauen in die farbige Finsternis ihrer Alpträume. Vertrauen aber zwingt dich, auf das individuelle Anschauen von Träumen zu verzichten, Vertrauen ist überhaupt eine tückische Sache, es blättert dich auf wie ein Pornoheft, an der peinlichsten Stelle, und jetzt versuch mal zu erklären, was du wolltest und wie. So wird Vertrauen zur Belastung, und deine Nächsten entfernen dich aus ihrem Leben, wie man die Fäden einer genähten Wunde zieht. Deshalb gibt es kaum noch echte Beziehungen, auf einmal sind an die Stelle der guten alten heterosexuellen Verbindungen Firmenfeten getreten, und wenn du nicht zur Firma gehörst, dann hast du hier nichts zu suchen, die neue, harte Realität kommt auch ohne dich aus, geh heim und hock dich vor die Glotze. Wie oft habe ich zwei Leute gesehen und gedacht: alles in Ordnung, die können es schaffen, sie sehen gut aus, sind ein schönes Paar und werden schöne Kinder haben, und wenn sie keine Kinder haben, geht's auch niemandem schlechter davon, Hauptsache, sie vertrauen einander, gehen nicht voreinander in Deckung wie Schwergewichtler im Ring und können über alles mögliche reden, über ihre geheimen Wünsche, auch wenn diese Wünsche immer auf dasselbe hinauslaufen, wie das nun mal so ist. Aber die Zeit vergeht, und wieder die alte Geschichte – Kommunikationspausen, angestrengte Gespräche, moralische Prinzipien, die wer weiß woher kommen und irgendwohin wieder verschwinden, alles wie gehabt – sie sitzen in einem Zimmer, zu beiden Enden desselben Bettes, und fügen sich tiefe, schmerzhafte Schnitte zu, dabei beobachten sie, wessen Schnitt tiefer und schmerzhafter ist. Gemartert trennen sie sich, lecken ihre Wunden, versuchen um jeden Preis, sie zu heilen, auch nicht die geringste Erinnerung soll zurückbleiben, und wenn sie sich zufällig einmal wiedersehen, dann in der U-Bahn, sie haben immer noch dieselbe Richtung. Nach und nach übernimmt die Firma die Reste ihrer Psychose, und auch du verstehst langsam – die Freude an kollektiver Arbeit ist viel attraktiver als individuelles Verliebtsein, und sei es nur, weil man sie immer mit den Kollegen teilen kann. Versuch doch mal, mit den Kollegen deine Leidenschaft zu teilen, versuch, einer Gruppe von Verkaufsleitern zu erzählen, wie ihre Haut nachts im Mondlicht schimmert und daß ihre Schlüsselbeine, wenn sie gegen Morgen endlich erschöpft einschläft, wie Dünen scharf hervortreten, erzähl das nur den Verkaufsleitern, sie werden dich verfluchen und den Firmenbann über dich verhängen, bei der nächsten Firmenfete wirst du gegrillt, und mit deiner herausgerissenen Leber spielen sie Fußball – Abteilung gegen Abteilung. Es ist die Freude kollektiver Arbeit, die dir hilft, mit deiner Depression fertig zu werden, und wenn du damit fertig bist, schaust du aus dem Fenster deines Büros, auf die herbstlichen Bäume, auf ihre vertikalen, klar gezeichneten Linien, und plötzlich wird dir bewußt, es ist wieder Herbst geworden, die Luft erwärmt sich nur noch langsam, und die Bäume stehen streng und asketisch da, du schaust auf das alles, und melancholisch denkst du, daß es sich in so einem Büro gut arbeiten läßt, daß man in so einem Herbst gut nachdenken und sich an solchen Bäumen gut aufhängen kann.

Ich habe einen Kumpel, er heißt Kaganowitsch, juristische Beratung, Rechtsschutz, und ihm ist folgendes passiert. Seine Freundin war der Meinung, es sei an der Zeit, ihre Beziehung auf eine feste Grundlage zu stellen, sie waren doch schon drei Monate zusammen, und nichts passierte außer Sex im Suff. Nicht daß ihnen das nicht gefallen hätte, sie schlug einfach plötzlich vor, zu ihm zu ziehen, wie das so geht, eines Morgens mußte er schnell weg, und weil er nur einen Schlüssel hatte, half er ihr beim Anziehen. Morgens zog sie sich nicht gerne an, vielmehr sie zog sich überhaupt nicht gerne an, aber morgens war gar nicht dran zu denken, aus Versehen griff sie sich seine Kleider, trank den Rest Wodka vom Vorabend aus, der auf dem Nachttisch stand, löschte ihre Kippe in seinem Tee, kurz gesagt, er war spät dran, und sie bewegte sich nicht. Hör mal, sagte sie, als sie ihm seinen Schuh reichte, in den sie vorher Wodka verschüttet hatte, was quälst du dich denn, ich zieh einfach zu dir, und alles wird gut. Glaubst du? – fragte er zweifelnd, – also in Ordnung, aber jetzt verzieh dich, ich bin spät dran. Beleidigt warf sie den Schuh nach ihm. Am nächsten Morgen kam sie zurück, schleppte einen riesengroßen Koffer, ich habe nur das Wichtigste mitgebracht, – erklärte sie ungerührt, – man hätte mich damit fast nicht in die Straßenbahn gelassen, kannst du dir das vorstellen? Wo kann ich meine Bücher hinstellen? An Büchern hatte sie Band drei eines Konversationslexikons mitgebracht, Buchstabe G, die anderen hast du schon gelesen oder was? fragte Kaganowitsch, ich interessiere mich für Genetik, antwortete sie und schob Band drei unters Kopfkissen. Aber sie war gar nicht richtig zu ihm gezogen, blieb wochenlang verschollen, tauchte für einen Tag, vielmehr eine Nacht auf und verschwand wieder. Ihre Sachen lagen überall im Zimmer verstreut. Kaganowitsch konnte sich lange nicht daran gewöhnen, versuchte aufzuräumen, den Kram auf einen Haufen zusammenzulegen, gerade da aber tauchte sie jedesmal auf und zerrte Schachteln und Tüten, Päckchen und Alben aus dem Koffer, – was fällt dir ein, meine Sachen anzurühren, – rief sie beleidigt, – untersteh dich, irgendwas anzurühren oder deine Nase in meinen Koffer zu stecken, Perversling, sie war das ideale Kleptomanie-Opfer, denn mit ihrem Kram kam sie offensichtlich nicht zurecht, ließ dauernd was in Bars und Kantinen liegen, vergaß ihre Sachen auf der Post und in den Straßenbahnen, mit denen sie angefahren kam. Kaganowitsch wußte nicht einmal genau, wo sie wohnte, hatte aber eine vage Vorstellung, weil sie doch mit der Straßenbahn fuhr, er hätte ihre Fahrtroute nachverfolgen können anhand der in den Waggons und an den Haltestellen liegengelassenen Regenschirme und Notizbücher, Bleistifte und Filzschreiber und anderen Dingen des täglichen Gebrauchs; auf dieser Spur hätte man ihre Wohnung ausfindig machen können, übersät mit einer noch größeren Anzahl von Kleidern und Büchern, gestrickten Mützen und Handschuhen, sie besaß unheimlich viel Kram, vielleicht wollte sie darum nicht aus ihrer verfluchten Wohnung ausziehen, über die sie schlimme Geschichten erzählte, von Straßenbahnen, Nachbarn, Sachen, die verschwinden, mit Entsetzen dachte sie daran, was es bedeuten würde, das alles zusammenzusuchen, in Koffer zu packen, zu schleppen, Kaganowitsch dachte mit nicht geringerem Entsetzen daran, kurz gesagt – das Thema jagte ihnen Angst ein, also versuchten sie, nicht davon zu reden. Sie versuchten überhaupt, nicht zu reden: wenn sich zwei Leute, wie diese beiden, viel zu sagen haben, dann schweigen sie normalerweise. Denn der Versuch zu reden gerät leicht zur Autopsie, und anschließend muß man die Leiche irgendwie wegschaffen und verstecken. Außerdem muß man, um normal zu kommunizieren, nicht unbedingt reden, man kann auch einfach nur aufmerksam zuhören. In ihrem Fall brauchte man nicht einmal Fragen zu stellen, es reichte, sie sich anzuschauen, denn sie benahm sich wie eine Pflanze, wie Gras vielleicht, wenn man sich Gras mit so einer Vergangenheit vorstellen kann. Also wenn sie telefonierte und die Verbindung plötzlich abbrach, dann reagierte sie, als ob die Sauerstoffzufuhr unterbrochen wäre und sie keine Ahnung hätte, wie das passieren konnte und womit sie ihre Lungen jetzt füllen sollte. Es reichte, sie einfach nur zu beobachten, ihre Gewohnheiten, ihre wechselnden Launen, um so mehr, als die dauernd wechselten, als ob sie überhaupt keine Laune hätte, auch das konnte man verstehen – gefallener oder gestiegener Luftdruck, mangelnde Luftfeuchtigkeit, was für eine Laune denn, wenn dir morgens die Sauerstoffzufuhr abgestellt wird. Die komische Beziehung zweier Downies, die sich einfach nicht verstehen können, weil sie nicht nur Downies sind, sondern auch noch verschiedene Sprachen sprechen, da kann man sich einfach nicht verstehen, die Beziehung besteht aus dauerndem Verschweigen, aus Stille, aus gleichmäßigem, stummem Atmen, das manchmal, gegen Morgen, endlich so still wird, daß das Herz gerade eben nicht aufhört zu schlagen. Am schlimmsten war es morgens, wenn Kaganowitsch dringend irgendwohin mußte, ihr etwas sagte, sie um etwas bat oder ihr Vorwürfe machte. Dann schrie sie wütend los und stieß Drohungen aus, rannte durch das Zimmer und packte entschlossen ihre Sachen, lief ins Bad, raffte Zahnbürsten und Einwegrasierklingen zusammen und stopfte sie in die Taschen ihrer Armeehosen, griff sich ihre Tampaxe und feuerte sie auf Kaganowitsch, rück meine Zahnbürste raus, sagte er, aber sie zeigte ihm den Stinkefinger und lief aus dem Bad, wühlte im Bett und förderte den dritten Band des Konversationslexikons zutage, förderte Zeitungen, Wäsche und Schuhe zutage, habe ich echt auf diesem ganzen Kram geschlafen, dachte Kaganowitsch, sie krabbelte auf die andere Seite des Betts und zog ihren geliebten Aschenbecher in Elvis-Form darunter hervor, schau, schrie sie, Elvis nehm ich mit, dein Elvis ist ein amerikanisches Arschloch, antwortete er, worauf sie triumphierend die Kippen ins Bett rieseln ließ und Elvis in ihren Rucksack packte, und das nehm ich auch mit, sie lief in die Küche und belud den Rucksack mit dem Fön und den Gabeln, mit Kassetten und dem Jagdmesser, dem angefangenen Wodka und mit warmen Augustäpfeln, dann lief sie zurück ins Zimmer und raffte alles zusammen, was ihr unter die Augen kam, zum Beispiel die Telefonbücher, die sie vorher aus irgendeinem Grund angeschleppt hatte, sie versuchte, die Telefonbücher in den Rucksack zu stopfen, aber der Rucksack war schon mit Wäsche und Äpfeln prall gefüllt, also holte sie hektisch Elvis wieder heraus und gab ihn Kaganowitsch zu halten, schaffte es dann doch, die Telefonbücher in den Rucksack zu stopfen, und rannte Verwünschungen geifernd ins Treppenhaus. Kaganowitsch ging ihr nach, absichtlich ohne sich umzusehen, rannte sie die Treppen hinunter, hey, rief er, du hast dein amerikanisches Arschloch vergessen. Sie hielt an, erstarrte für einen Moment, dann kehrte sie plötzlich um, schnappte sich den Aschenbecher, fuchtelte drohend damit in der Luft herum und rannte zur Straßenbahnhaltestelle.

Die Firma, das ist wie die Anonymen Alkoholiker – sie heilt nicht, aber durch sie verstehst du, daß du nicht der einzige bist, der in der Scheiße steckt. Die Philosophie der Firma bezieht sich oberflächlich betrachtet nur auf das Professionelle. In Wirklichkeit aber läßt die Firma dich nicht los, auch wenn du gar nicht an sie denkst, aber versuch nur, nicht an sie zu denken, und sie zerdrückt dir den Brustkorb an der empfindlichsten Stelle. Der Geschmack der Firma haftet an deinen Fingern, wenn du vom Meeting zurückkommst, ihr Geruch durchdringt den Stoff deiner Kluft, die Firma ergießt sich als Kaffee auf deine Finanzpläne, zerfrißt als gelber Industriekaries deine Schneidezähne, schiebt sich unter deine Haut wie im März Wasserleichen unter geborstene Eisschollen – du trägst sie mit dir, Tag für Tag, Nacht für Nacht, von der Werkshalle zur Sparkasse, vom Bahnhof ins Stadion, die Firma verfolgt dich, sie bestimmt dein soziales Verhalten, du hustest sie mit Blut vermischt nach einer nächtlichen

Prügelei aus, preßt sie beim morgendlichen Sex mit dem Schweiß aus dir heraus, bei Gesprächen sitzt die Firma in deiner Kehle, zerfällt beim Husten, nimmt dir beim abendlichen Joggen den Atem, hinter jedem deiner Schritte steht die Firma, hinter jeder deiner Taten blitzt die Philosophie deiner Firma auf, mit jedem deiner Worte wiederholst du die Vereinbarungen deines Arbeitsvertrags, den du um jeden Preis verlängern willst. Die Firma ersetzt konkrete kultische Handlungen, die Firma macht dich zu einem Menschen, der keine Angst hat, aufzustehen und dem Arbeitsplan ins Auge zu sehen, die Firma lehrt dich, deine Sachen sorgfältig um dich herum anzuordnen, damit man sich in der Herbstdämmerung nicht daran stößt, die Firma stattet deine persönliche Zelle aus und gibt ihr ein mehr oder weniger zivilisiertes Aussehen, soweit dir das als Mitarbeiter zusteht. Die Firma als Kirche rettet die Seelen hoffnungsloser Sünder, die in der Hölle schmoren müßten, wären da nicht ihre Gewerkschaftsausweise, die sie dem heiligen Petrus am Fabriktor zeigen, so daß der Alte sie einfach passieren lassen muß zum jenseitigen, himmlischen Fließband, denn die Firma umfaßt alles, die Firma überwindet die Dialektik und ihren kurzsichtigen Materialismus, die Firma besiegt den Tod mit dem Tod, denn Tod am Arbeitsplatz – das ist der Beginn einer guten Karriere, ob ihr es glaubt oder nicht. Die Firma an sich ist eine Form von Sexualität, denn im Kontext der Firmenethik sind Mannschaftsgeist und Ellenbogenmentalität keine Metaphern mehr, im Notfall mußt du für deinen Partner einspringen, ihn im direkten und übertragenen Sinne decken, irgendwann verstehst du die Bisexualität der Firma, was dich zum vollwertigen Mitglied dieses freundschaftlichen Kollektivs macht, in der Lage, schwierige wirtschaftliche Aufgaben zu lösen. Die Arbeitsfamilie, die zur Faust geballte Gruppe Gleichgesinnter, die Brüder, die von der Firma zu einer großen, frommen Gemeinde bekehrt wurden, ermöglichen es dir, die ganze Fülle des Privatlebens zu spüren, die du früher, als du noch nicht im Team aufgegangen warst, nicht spüren konntest. Die Firma eröffnet dir eine Chance auf Erlösung, sie befreit dich von den kalten Leidenschaften, die deine Seele einfrieren und nie richtig auftauen ließen, die Firma sagt dir, daß echtes Business nicht bedeutet, reich zu werden, echtes Business, sagt die Firma, erfordert ständige Investitionen, daher investierst du dein ganzes Vermögen in die Firma und weißt, daß man es dir vergelten wird. Als Kinder der Firma, ihre Jünger, reist ihr von Konferenz zu Konferenz, von Präsentation zu Präsentation, beschwert mit der großen Firmenlehre, sie gibt euch Halt, den Dürstenden reicht ihr sie wie Brot und Wein; wie die ersten Laienprediger bekehrt ihr neue Brüder und Schwestern einfach beim Business-Lunch; wie Märtyrer schultert ihr den Spott und die Feindseligkeit jenes Teils der Welt, der sich von eurer Firma abwendet und der Finsternis und dem Unglauben verfällt. Licht über euren Haaren, der Duft von Rosen auf euren Gewändern, golden leuchten eure Schatten, wenn ihr durch die stumme Menge schreitet, wenn nur die Karies nicht wäre, scheißenochmal, die Karies – zweiunddreißig verdorbene Zähne, und, scheißenochmal, nicht krankenversichert.

Ganz unerwartet kam sie zurück, ungefähr eine Woche später. Glaub bloß nicht, daß ich zurückgekommen bin, ich will nur meine Sachen holen, – sagte sie und fing an, ihren Rucksack auszupacken. Schmiß die Telefonbücher mitten ins Zimmer, vergrub Band drei des Konversationslexikons,

Buchstabe G, unter dem Kopfkissen, trug die Gabeln und den Fön zurück in die Küche, verteilte ihre Kleider und Fotos über das Laken, holte ganz vorsichtig eine Pappschachtel hervor, nahm Elvis heraus und schob ihn unter das Bett. Kaganowitsch beruhigte sich sofort – ihre Schals hingen von den Stühlen wie die Banner der Alliierten, das Leben war lang und wunderbar, und vor allem hatte sie ihm seine Zahnbürste zurückgebracht. Am nächsten Tag ließ er ihr die Wohnungsschlüssel nachmachen. Das ist ganz einfach – sagte er gegen Morgen, es wurde kalt, und er deckte sie mit der schweren Bettdecke zu, in die sie sofort mehrere Brandlöcher gemacht hatte, das ist ganz einfach, es ist wie die Geschichte von Bill und Monika. Erinnerst du dich? Die beiden liebten sich und machten Gott weiß was, obwohl man Gott hier lieber aus dem Spiel läßt, sie machten also Liebe, ohne einander das Wichtigste zu erklären, Dinge, die sie vereinten und die sie schließlich trennten. Und was dann? – fragte sie im Halbschlaf. Dann? Dann geschah das Unerhörte – sie trennten sich, und plötzlich stellte sich heraus, daß sie die Kleidung mit den Spuren seiner Liebe aufbewahrt hatte, verstehst du, irgendwelche Apokryphen, Christenverfolgung, Apostel Bill und die heilige Monika, die ein Gewand mit den Spuren seiner Liebe aufbewahrt wie das Turiner Grabtuch. Da aber nähern sich ihr die Pharisäer und Sadduzäer von CNN und sagen – Ma'm, geben Sie uns die Spuren seiner Liebe, geben Sie sie uns, wir gewinnen diesen Prozeß, und ein Haufen leichtverdienter Knete geht auf Ihren Kopf nieder. Und sie? Also sie hat zugestimmt, ihnen das Grabtuch gegeben, den Apostel Bill ausgeliefert und züchtet jetzt irgendwo Kaninchen. Oder hat einen arabischen Studenten geheiratet und ihn in die Freuden und Verlockungen der westlichen Zivilisation eingeführt, nach Apostel Bill gab es so einiges, was sie ihm beibringen konnte! Oder sie betrinkt sich irgendwo auf einer Ranch, sie hatte einen Hang zur Körperfülle, mit der Zeit konnte daraus wer weiß was werden, am wahrscheinlichsten aber Alkoholsucht, na, du verstehst schon. Und Apostel Bill? Bill? Apostel Bill wurde kanonisiert und sein Konterfei auf die Fünfdollarnoten gedruckt, damit sich die Nachgeborenen, wenn sie sein gestochenes Profil betrachteten, vor Augen führen konnten, wie eitel all unsere Leidenschaften und Triebe sind und was dabei herauskommt, wenn man am Arbeitsplatz unkontrolliert fickt. Idiotische Geschichte, – sagte sie und schlief ein. Warum ich das alles erzähle, – fuhr Kaganowitsch fort, – manchmal glaube ich, daß wir die Fehler von Bill und Monika wiederholen – überall hinterlassen wir Spuren unserer Liebe, schmieren sie über die grobe Hotelbettwäsche und die grauen, kratzenden Decken, unsere Kleider und unsere Körper sind besudelt mit dieser unserer Liebe, von der es offensichtlich so viel gibt, daß sie ihre Spuren überall hinterläßt, wo wir auftauchen. Entlang unseres Weges, aus unseren Wohnadressen und zufälligen Haltepunkten, kann man einen Reiseführer zusammenstellen, wie lange schon kämpfen wir miteinander, wir attackieren uns mit scharfen Gegenständen und legen unsere frischen Wunden aneinander, so daß das Blut sich vermischt und von Arterie zu Arterie fließt, und wenn das Blut zusammenklumpt wie der Straßenhandel nach Feierabend, dann vergessen wir alles, vergessen unser Blut und die Spuren unserer Liebe und daß es für alles eine Erklärung gibt, aber die Erklärung interessiert offensichtlich niemanden, dich nicht, mich nicht,

daher wirst du morgen wieder versuchen, von mir wegzu-
kommen und mir Gabeln und Küchenmesser ins Herz sto-
ßen, du wirst von hier fliehen, als hielte ich dich gefangen,
und ich werde zwischen deinen Sachen sitzen und sie lange
hin und her räumen und versuchen, auf jeder die Spuren
deiner Liebe zu finden.

Mir scheint, die Zukunft gehört der Gewerkschaftsbe-
wegung. Im Idealfall ersetzen die Gewerkschaften dann
Kirche, Familie und Bildungssystem. Die Leute haben immer mehr Angst, die Grenzen der Industrieproduktion zu
überschreiten, die von Mal zu Mal größere Bereiche ihres
Lebens erobert. Die Gewerkschaften als Form kollektiven
Selbstschutzes verlassen langsam das Fabrikgelände und
werden zu Vorreitern der zukünftigen Gesellschaft – einer
Gesellschaft, die auf den Prinzipien des Kollektivismus und
der Firmenverantwortung beruht. So eine Gesellschaft hat
gegenüber allen vorherigen uns bekannten Formen des sozialen Zusammenlebens einen unbestreitbaren Vorteil – sie
ist autonom und benötigt keine Kommunikation von außen, sie fordert nicht, daß du dich jeden Tag öffnest, deinen
Schutzschild senkst und dich dem Kreuzfeuer aussetzt, ohne
Möglichkeit zum Rückzug. Die Gesellschaft der Zukunft
beruht auf den Prinzipien der Firma, die dir erlaubt, deine
persönlichen Wünsche mit den Regeln und Gewohnheiten
deiner Nächsten in Übereinstimmung zu bringen, die immer
bereit sind, dir in deiner Einsamkeit und Hoffnungslosigkeit
Halt zu geben. Denn anders geht es nicht, jede Geschichte
endet mit einer kriegerischen Heldentat der ins Leben ver-
liebten Hauptpersonen, die als fröhlich lärmender Haufen
in dieses Leben gestolpert kommen und einzeln hinausge-

tragen werden, hinter die Kulissen gezerrt ihre noch warmen Körper, aus denen die erlösten Seelen emporfliegen. Es geht nicht anders. Niemand hatte auch nur die leiseste Ahnung, daß sie Liebende waren, als sie starb, sie war nicht mal fünfundzwanzig, ganz zu schweigen von dem ganzen Rest.

Vierzig Waggons usbekische Drogen

»Die Brüder Coen – Ethan und Joel – haben mir beigebracht, keine Angst vor Blut zu haben«, – schreibt mein
Freund Bondar. In Charkiw waren vor fünfzehn Jahren die
Oschwanz-Brüder gut im Geschäft – Grischa und Sawa, sie
kontrollierten die Wohnheime, wie sagt man – mit stillschwei-
gender Billigung der Verwaltung. Aber die Verwaltung hätte
bloß mal versuchen sollen, Sawa oder gar Grischa Vorschriften zu machen, ich glaube, die beiden hätten sie komplett
niedergewalzt. Leibliche Brüder waren die Oschwanz-Brüder nicht, aber daß in ihren Adern verwandtes Blut floß, da
bin ich mir sicher. Sie waren wirklich gut im Geschäft und
wurden von ihren Feinden geachtet – es kam vor, daß sie sich
zu zweit einer Übermacht stellten und entsprechend nieder-
gemetzelt und mit der schwarzen Charkiwer Erde verrührt
wurden, aber beeindruckt von ihrem Mut und ihrer rotzigen
Frechheit, trugen ihre Feinde sie auf den Schultern heim und
riefen einen Krankenwagen, die Brüder kurierten sich aus,
begossen ihre Wunden mit Alk (ich spreche von den seelischen Wunden) und zogen von neuem in den Kampf. Das rief
nicht nur Achtung, sondern auch Angst hervor – an so einen
zu geraten ist, wie unter einen Raupenbagger zu kommen,
versuch doch, danach wieder aufzustehen, wenn du kannst.
Mich fanden die Brüder irgendwie interessant – schon bei
unserem ersten, nennen wir es: Kennenlernen, als man uns
Frischlinge um zwei Uhr nachts auf den Flur hinaustrieb,
um die Chefs kennenzulernen, die Brüder sahen mich – was

ist denn mit deinen Haaren los? fragten sie, bist du ein Punk oder was? Später unterhielten wir uns oft über die nationale Wiedergeburt und die Seelenrettung, damals, mit siebzehn, versicherte ich ihnen, daß diese Begriffe identisch sind, und sie glaubten mir ganz offensichtlich, richtig peinlich, wenn ich es mir heute überlege. Ende der Neunziger, nachdem die kritische Masse an Narben und Gehirnerschütterungen erreicht war, hatten die Brüder keine Böcke mehr, mit Negern auf Fußballplätzen rumzufucken, vor allem, weil die Neger viele sind – ein ganzer Kontinent voll, und sie – die Oschwanz-Brüder – nur zwei, noch dazu nicht mal leibliche Brüder, also beschlossen sie, aus dem kriminellen Schatten herauszutreten und sich zu legalisieren, soweit das in unserer himmlischen Republik überhaupt möglich ist. Zuerst eröffneten sie in einem der Wohnheime einen Grill-Imbiß, was jedoch wenig an ihrem privaten und sozialen Leben änderte: Um die zweifelhafte Ehre von zwei unglücklichen Mitarbeiterinnen des Grill-Imbisses zu verteidigen, mußten Grischa und Sawa auch weiterhin jeden zweiten Abend gegen eine Übermacht antreten; Kröten verdienten sie kaum, und Spaß zählt nicht, wenn's ums Geschäft geht, also machten die Brüder ihren Imbiß dicht und übernahmen einen Parkplatz. Das mit dem Parkplatz hätte auch fast funktioniert, aber aus angeborenem slawischem Leichtsinn und genauso angeborenen kriminellen Neigungen ließen es die Brüder zu, daß ein paar Freunde geklaute Autos aus Rußland auf ihrem Parkplatz abstellten, die dann in Ersatzteile zerlegt und in diversen BMW-Filialen verkauft wurden. Weil es wenige Filialen gab, aber aus Rußland viele Autos kamen, standen die geklauten Wagen manchmal wochenlang unter freiem Himmel. Und als die Konkurrenz eines Tages die BMW-

Filialen an die Bullen verpfiff, stießen sie, also die Bullen, auch schnell auf den Parkplatz, wo unter zartem Frühlingsschnee die besten Exemplare deutscher Automobiltechnik vor sich hin rosteten. Es gelang den Brüdern, sich freizukaufen – mit einem kirschroten BMW ohne Motor, den sie von ihrem Parkplatz zur nächsten Milizstation schleppten. Der Konflikt war beigelegt, auch die Filialen schafften es übrigens, sich aus der Sache rauszuwinden, aber wohin mit den geklauten Autos, also verkauften die Brüder ihren Parkplatz einer Baugesellschaft als Bauland. Allerdings wehrten sich die Anwohner gegen die geplante Bebauung, aber das konnte den Oschwanz-Brüdern schon egal sein, und sie schauten sich alles nur interessiert und distanziert von ferne an. Einmal beteiligten sie sich sogar an einer Protestaktion der Anwohner, standen in der ersten Reihe und betrachteten den ehemaligen Parkplatz, wo schon die Fundamente ausgehoben waren, und wie der Bauleiter herumrannte und die Anwohner wegjagen wollte. Sawa trug eine Fahne der kommunistischen Partei, Grischa ein Transparent mit der Aufschrift NATO – HÄNDE WEG VON UKRAINISCHE ERDE. Sawa lachte seinen Bruder aus, was ist das denn für ein beschissenes Transparent, das du da hast? – fragte er. Grischa wurde sauer und antwortete, daß es überhaupt nicht beschissen, sondern ganz in Ordnung sei, das Transparent, stimmt doch, sagte er, nur Deppen verstehen das nicht, woraufhin Sawa seinerseits sauer wurde und in lautes Protestgeschrei ausbrach. Nachdem sie den Organisatoren der Kundgebung Fahne und Transparent zurückerstattet hatten, gingen die Brüder heim und dachten über die Launen des Schicksals und die unsichere wirtschaftliche Lage im Land nach. Als Erinnerung an den Parkplatz war ihnen eine schwere Rolle

Stacheldraht geblieben, hundertfünfzig Meter, wenn nicht mehr, den sie nicht an die Bauleute verkauft, sondern aufgedreht und heimgetragen hatten. Der Stacheldraht lag mitten im Zimmer, wie ein beunruhigendes Echo des Krieges, an dem ihre Väter übrigens nicht teilgenommen hatten, weil Grischas Vater gerade wegen Mordes am Fahrer eines Geldtransporters einsaß und Sawa überhaupt keinen Vater hatte, und über welche Linie er ein Oschwanz war, wußte keiner so genau, obwohl die Verwandtschaft ihn lieber mochte als Grischa.

Das neue Business war Sawas Idee. Abends saß er in der Küche und sah die Anzeigenblätter durch. – Schau mal, – sagte er eines Tages zu seinem älteren Bruder, der keine Zeitung las und den ganzen Tag auf dem Markt rumhing, gerade aber zufällig mal daheim vorbeigeschaut hatte, nervös durch die Zimmer strich und dabei manchmal an den Stacheldraht stieß, – schau – hier wird für alles mögliche Reklame gemacht, sogar für Sachen, von denen ich noch nie gehört habe, auf der Titelseite ist zum Beispiel Werbung für Behinderten-Wrestling, und im Teil »Kultur und Freizeit« kündigen sie an, daß die Baptisten sich jede Woche am Denkmal für die ersten Komsomolzen im Artem-Park treffen. – Na und? – fragte Grischa blöde. – Hohlroller, – sagte sein Bruder, – hast du denn keine Ahnung, was erste Komsomolzen sind und was Baptisten? – Ich scheiß auf alle Baptisten, – antwortete Grischa. – Da hast du natürlich auch wieder recht, – stimmte Sawa ihm zu, – aber hör mal, keiner bietet rituelle Dienstleistungen an. – Rituelle Dienstleistungen? – wunderte sich Grischa, – was sind das für Dienstleistungen, intime? – Nicht wirklich, – sagte

Sawa, – Beerdigungen und so, verstehst du: Kränze, Särge, wenn einer im Krematorium verbrannt wird – dann sind das rituelle Dienstleistungen. – Logo, daß für die keine Werbung gemacht wird, – bei Grischa machte es Klick, – bei uns sind die Krematorien doch staatlich. – Woher willst du das wissen? – fragte Sawa zweifelnd. – Ganz bestimmt sind sie staatlich, – versicherte ihm Grischa, – ich hab kürzlich Zhorik getroffen, kennst du Zhorik noch? Zhorik, dem die Tschetschenen ein Ohr abgeschnitten haben, wegen seiner Schulden, haben ihn dann selbst ins Krankenhaus gefahren, die Chirurgen hatten aber schon Feierabend gemacht, haben ihm zwar das Ohr angenäht, aber falschrum, also mußte es wieder abgenommen und neu angenäht werden, weißt du noch? – Und? – sagte Sawa. – Also er arbeitet im Krematorium, als Heizer. – Als was? – Heizer. Der kauft sich nie ne Fahrkarte, hat einen Wisch, daß er Beamter ist, dazu noch mit besonderen Privilegien, weil mit dem Ohr ist er jetzt auch noch behindert. – Was der so labert, dein Zhorik, – Sawa glaubte seinem Bruder nicht, – wenn die Krematorien wirklich staatlich sind, welchem Ministerium unterstehen sie dann? – Keine Ahnung, – antwortete Grischa, – vielleicht dem für Bergbau und Kohleindustrie.

Aber Sawa ließ der Gedanke nicht los. Die Sphäre ritueller Dienstleistungen erschien ihm vor allem deshalb interessant, weil sie noch nicht besetzt war und man also gleich richtig und mit entsprechendem Tamtam einsteigen konnte. Sawa hörte sich also ein bißchen um, und Grischa traf sich mit Zhorik und füllte ihn ab. Solange Zhorik sich noch auf den Beinen halten konnte, behandelte er ihn von oben herab, forderte frische Servietten und Bier zum Wodka. Dann stürzte er ab und heulte sich aus, sagte, daß er den Job als Heizer schon lange aufgeben will, daß er nachts von Kadavern träumt, aber wo soll er hin, nett sind die Kollegen ja, er ist dort wer, zum Geburtstag hat er eine Urkunde gekriegt, sie erfüllen den Plan und so weiter. – Soso, – sagte Grischa, – den Plan. Ihr seid also wirklich staatlich? – Ja, – Zhorik heulte wieder los, – wir sind staatlich. Noch dazu mit besonderen Privilegien. – Und was ist der Witz an deiner Arbeit? – fragte Grischa. – Zhorik schwieg eine Weile, bat um noch eine frische Serviette, wischte sich die Tränen ab und sagte: – Der Witz an meiner Arbeit ist, daß ich unersetzlich bin, verstehst du? – Erklär es mir, – bat Grischa. – Ich bin Heizer, – sagte Zhorik und wischte sich wieder die Tränen ab, – ich verbrenne wen auch immer, sogar meine eigene Mutter. Auf mir lastet die demographische Situation des Lenin-Bezirks, kapiert? Wenn ich morgen verrecke, bleibt der Kessel kalt, und es gibt keinen, der mich verbrennen könnte, kapiert? Weil nämlich ich es bin, der den Kessel warm hält und die Öfen am Laufen. Von mir hängt alles ab, so ist das. Sag mal, gibt's noch Bier? – Aber ihr seid doch nicht das einzige Krematorium der Stadt, – bemerkte Grischa verwundert. – Klaro, – antwortete Zhorik, – aber versuch doch mal, einen Kadaver in einem anderen Stadtteil verbrennen zu lassen, na dann viel Glück. Wir sind staatlich organisiert, alles festgelegt, alles nach Plan, schon morgens schmeiß ich Kadaver ins Feuer, mein Kessel ist immer warm, kapiert? – fragte er wieder. – Was ist das Wichtigste bei den Kadavern? Das Wichtigste ist Ordnung. Wenn ich die Öfen stoppe, der Kessel kalt wird – wo willst du dann mit dem Kadaver hin? Der Kadaver wartet doch nicht, fängt an zu verfaulen. Die ganze demographische Situation lastet also auf meinen Schultern. – Offensichtlich verstand Zhorik etwas ganz eigenes unter demographischer Situation. Grischa nickte nachdenklich. – Das heißt also, – sagt er endlich, – der ganze Witz besteht darin, daß ihr staatlich seid? – Ja, – sagte Zhorik nicht ohne Genugtuung, – darin besteht der ganze Witz. – Also das heißt, – fuhr Grischa fort, – wenn ich mein eigenes Krematorium daneben baue, zu humaneren Bedingungen, dann mach ich euch das Geschäft kaputt? – He he, – Zhorik wurde nervös, – und woher nimmst du den Heizer? Ein Kadaver kann nicht ohne Heizer. – Na, Heizer muß man ja nicht studiert haben, – sagte Grischa nachdenklich, – was für eine Ausbildung hast denn zum Beispiel du? – Musikfachschule, – sagte Zhorik, – Akkordeonklasse. – Und warum bist du dann Heizer geworden? – Bin vom Pferd gefallen, – sagte Zhorik. – Was für einem Pferd denn? – Nach einem Konzert haben sie mich per Pferd heimtransportiert, ich war betrunken. Bin runtergefallen. Hab mir den Mittelfinger gebrochen. Wollte eigentlich weitermachen, aber ich kann nicht mehr alle Töne greifen, kapiert?

Dann beriefen die Brüder einen Rat ein und begannen sich zu beraten. Grischa, der noch unter dem Eindruck dessen stand, was er über die Kadaver gehört hatte, schlug vor, ein privates Krematorium zu eröffnen, zum Beispiel im Heizwerk ihres Stadtteils, einen finnischen Ofen zu importieren und mit Zhorik ein Wettbrennen zu veranstalten. Überhaupt nahm Grischa alles sehr auf die leichte Schulter, als ob sie eine Sauna eröffnen wollten. Sawa hingegen widersprach entschieden, erstens müsse man den finnischen Ofen erst mal auftreiben und zweitens würde der soviel Strom verbrauchen, daß sie mit ihrer Knete nicht hinkämen. – Hör mal, – sagte er zu Grischa, – Ofen-schwofen, das ist doch nicht seriös. Wir müssen ein richtiges Business aufziehen. Den Gesamtkomplex ritueller Dienstleistungen, von A bis Z. – Von A bis Z, was heißt das? – fragte Grischa, – heißt das, die Kadaver selbst von der Straße auflesen? – Von A bis Z, das ist der Gesamtkomplex ritueller Dienstleistungen, – erklärte Sawa, – Krematorium, Klageweiber, Grabstein. Ein Lokal für die Trauerfeier. Wenn wir den richtigen Service bieten, werden die Leute bei uns Schlange stehen. – Genau das bezweifle ich, – antwortete darauf Grischa.

Einige Zeit später kauften die Brüder ein Grundstück. Die Feuerwehrleute forderten ihren Anteil, aber Sawa erklärte ihnen, es sei kein kommerzielles Projekt, sie hätten also keinen Anspruch darauf. – Es wird nämlich eine ökologisch bedeutsame architektonische Stätte, – erklärte Sawa den Feuerwehrleuten, – die Lungen der Stadt, das, was alle brauchen. – Wir bestimmt nicht, – widersprachen die Feuerwehrleute. Schließlich einigten sie sich mit den Feuerwehrleuten. Grischa traf sich noch mal mit Zhorik, Zhorik wollte seine Saga von den Kadavern und den Heizern fortsetzen, aber Grischa bat, ihm nur schnell den Plan eines Ofens aufzuzeichnen.

Sawa schaute sich Zhoriks Zeichnung an, gab sie Grischa schweigend zurück und sagte, er solle einen Priester auftreiben. – Für die Totenmesse oder was? – fragte Grischa. – Wir müssen den Ort weihen lassen, – sagte Slawa, – damit das Geschäft gut läuft. – Also traf sich Grischa noch mal mit Zhorik. – Hör mal, – sagte er, – bei euch werden die Kadaver doch bestimmt auch ausgesegnet? – Na klar, – Zhorik war sofort wieder Feuer und Flamme, – ein Kadaver muß ausgesegnet werden, natürlich, erst die Aussegnung und dann ab in den Ofen. – Über Zhorik bekam Grischa Kontakt zu Vater Lukitsch, Zhorik gab ihm eine lange Handynummer. Grischa rief an. – Ich rufe zurück, – sagte Vater Lukitsch kurz, – ich habe eine Flatrate. – Sie verabredeten sich in einem Café. Vater Lukitsch kam in seinem kirschroten BMW angebraust. Die Brüder erzählten ihm, was sie vorhatten. Vater Lukitsch dachte angestrengt nach. Bat um Bier zum Wodka. Trank. Dachte weiter angestrengt nach. – Ihr tut Gutes, Jungs, – sagte er endlich, – Gutes. – Gott sei mit euch, – er segnete die Brüder und den Nachbartisch gleich mit. Am Nachbartisch wurde es ganz still. – Also, Vater, können wir auf Sie zählen? – Klar, – sagte der Pope vorsichtig, – könnt ihr. Aber glaubt bloß nicht, daß ich euch jeden Tag irgendwelche Kadaver aussegne, das könnt ihr vergessen. – Was dann, Vater? – fragte Sawa. Der Pope schwieg eine Weile. – Ihr braucht eine Kapelle, Jungs, eine Kapelle … – Eine Kapelle? – Ja, – sagte der Pope und kratzte nachdenklich seinen roten Bart, – eine Kapelle … Eine Kapelle. Und Wodka. – Wodka? – fragte Grischa verständnislos. – Ja, für mich noch einen Wodka. Und eine Kapelle. – Und die Kapelle werden Sie weihen? – wollte Sawa wissen, bevor er den Wodka bestellte. – Klar, – sagte der Pope, – die Kapelle kann ich weihen. Ich komme zu euch, hab ja ein eigenes Auto, weihe den Ort, halte eine Messe gegen den bösen Blick, gegen Hunger, gegen Not und Tod. – Vater, sagte Sawa schnell, – gegen den Tod, das muß nicht sein. – Der Wodka kam. Vater Lukitsch stand auf, hob sein Glas und sagte: – Weise sind Deine Taten, o Herr, in Deinen Taten, o Herr, wird Deine Weisheit offenbar. – Die Gäste am Nachbartisch saßen wie versteinert. Das heißt, der ganze Saal hielt den

Atem an, wagte nicht zu schlucken und schaute gebannt auf Vater Lukitsch. In diesem Moment fing sein Handy an zu vibrieren. Der Pope hob ab. – Ja, – sagte er, – ja, Valjuscha, ich ruf zurück, ich ruf dich zurück. Was? Verdammte Scheiße, ich ruf zurück, hab ich gesagt! – Vater Lukitsch beugte sich über sein Handy und suchte die richtige Nummer, da spürte er die Anspannung, sah auf und bemerkte die erstarrten Blicke, die auf ihn gerichtet waren. Er schaute sich um, auf das Glas, dann auf sein Handy, dann wieder in den Saal – ich habe eine Flatrate, – erklärte er.

Ein paar Tage später fuhren Vater Lukitsch und die Oschwanz-Brüder zu dem Grundstück, auf dem der Friedhof entstehen sollte. Dort hatten obdachlose Datschniks schon angefangen, Beete umzugraben. Grischa wollte sie wegjagen, aber die Datschniks setzten sich mit Spaten zur Wehr, bis Vater Lukitsch aus seinem kirschroten BMW stieg und aus dem Revers seines Tweedjacketts ein im Knast gefertigtes schweres Silberkreuz hervorzog. Die Datschniks traten den Rückzug an. – Hier, – sagte Vater Lukitsch, – hier ist ein gesegneter Platz, wahrlich ich sage euch, hier könnt ihr das Fundament legen. – Sawa holte den Stacheldraht aus dem Kofferraum und rollte ihn mürrisch ab. Der Pope versprach ihnen noch, Information über ihre Firma in den Kirchengemeindeblättern unterzubringen, bat allerdings um einen fertigen Text, schreibt, was die Hauptsache ist, sagte er: Slogan, Preisliste, Rabattsystem, irgendwas über die Kirche. Damit man Lust kriegt, zu euch zu kommen, kapiert?

Die Brüder überlegten und schalteten ein Übersetzungsbüro ein. Das Übersetzungsbüro schaute sich die Brüder an, überlegte ebenfalls und willigte dann ein, den Text zu schreiben, bat nur darum, das »Unternehmensprofil« detaillierter zu beschreiben. – Was soll das, – bellte Sawa, – es ist ein nicht-kommerzielles Projekt, die Lungen der Stadt, das, was wir alle brauchen. – Das Übersetzungsbüro nickte heftig. – Für uns ist Service das wichtigste! – bellte Sawa weiter. – Ja, – fügte Grischa hinzu, – wir arbeiten bis zum letzten Kunden! – Genau, – bellte Sawa, – Dienstleistungen von A bis Z. Plus der Segen der Patriarchie. Hier steht »Eparchie«, – das Übersetzungsbüro warf einen Blick in die Unterlagen. – Dazu die Kapelle, – fügte Sawa hinzu. – Und ein flexibles Rabattsystem. Alles klar, – sagte das Übersetzungsbüro, – wir werden versuchen, all Ihre Vorschläge zu berücksichtigen. – Die Brüder seufzten. Am nächsten Tag rief das Übersetzungsbüro an und bat sie, vorbeizukommen, sagte: wissen Sie, wir haben da was für Sie entworfen, vielleicht könnten Sie mal bei uns reinschauen und einen Blick darauf werfen. Die Brüder schauten rein, lasen den Text und wurden wütend, Grischa wollte sich den Deutschübersetzer vorknöpfen, Sawa hielt ihn zurück. Schließlich versprach das Übersetzungsbüro, alles umzuarbeiten. Ohne Aufpreis. – Kapiert doch, – schrie Sawa und hielt die Tür zu, die sein Bruder von außen einzutreten versuchte, – Service hat oberste Priorität! Von A bis Z! Und über die Kirche muß was drinstehen! Ohne Kirche ist alles für den Arsch, kapiert?

Zwei Tage später traf man sich wieder. Grischa wartete im Treppenhaus. Den Deutschübersetzer hatten sie in die Küche gesperrt. Die Parteien setzten sich an den Tisch. – Wir haben Ihre Anmerkungen berücksichtigt, – sagte das Übersetzungsbüro, – sie waren zum Teil berechtigt, aber Sie haben uns die Klingel an der Eingangstür abgerissen, das kostet extra. – Her mit dem Text – sagte Sawa kurz. – Okay, – das Übersetzungsbüro willigte nervös ein, – abgemacht, keine Extrakosten. Einen Kaffee vielleicht? – Her mit dem Text, – wiederholte Sawa. – Okay, okay, – das Übersetzungsbüro gab auf und zeigte Sawa den Text. Der lautete wie folgt:

Jesus gab für euch sein Leben!
Wir geben euch die Wärme unserer Herzen!

Oschwanz und Söhne GmbH. Gesamtkomplex ritueller Dienstleistungen!

In einer malerischen Ecke von Charkiw, im Neubaugebiet, zwischen steil aufstrebenden Bauten, hat sich das Büro ritueller Dienstleistungen »Oschwanz und Söhne« niedergelassen. Mit liebender Hand sorgsam geführt, öffnet das Unternehmen jeden Morgen dem ersten Besucher gastfreundlich seine Pforte. Von morgens bis abends gehen die Mitarbeiter ihren Berufspflichten unermüdlich nach. Seit dem ersten Arbeitstag haben die Einwohner der Wohnsiedlung den Komplex ritueller Dienstleistungen »Oschwanz und Söhne« liebgewonnen, er wurde zum beliebtesten Erholungsort für die Einwohner Charkiws und die Gäste der Stadt. Was nicht verwundert. Denn im Unterschied zu anderen Unternehmen entsprechender Ausrichtung garantiert unsere Firma den Gesamtkomplex ritueller Dienstleistungen. Unser Kollektiv hat Qualität und individuelle Behandlung des Kunden zum Prinzip erklärt und erfüllt zuverlässig die höchsten Maßstäbe an Schnelligkeit und Professionalität.

Unser Unternehmen bietet Ihnen preiswerte Grundstücke in einer der malerischsten Gegenden unserer Region, rituelle Accessoires zu Dumpingpreisen, Beförderung im Kraftwagen sowie Dienste von professionellen rituellen Mitarbeiterinnen, Geistlichen und Tamadas. Auf dem Territorium des Komplexes befindet sich auch eine gemütliche, modifizierte Kapelle auf europäischem Niveau, in der Sie immer ein paar unvergeßliche Stunden verbringen können.

Es spricht einer der Unternehmensgründer, Oschwanz Grigorij Wladlenowytsch.

Mein Vater, er war Kriegsveteran, sprach oft zu mir: Grischa, das hier ist dein Land. Was du hineingibst, das wird dort sprießen. Als mein Bruder und ich erwachsen wurden und es an der Zeit war, unseren Weg im Leben zu wählen, erinnerte ich mich an diese Worte meines Vaters. Nichts wärmt die Seele besser als die Möglichkeit, Ihnen ein Stück unserer Inspiration, unserer Herzenswärme schenken zu dürfen. Für mich ist das Unternehmen nicht nur mein Arbeitsplatz, für mich wurde es schon längst zum Ort der Erholung und des seelischen Gleichgewichts. Und wenn mir morgen – Gott bewahre – etwas zustoßen würde, so wollte ich hier begraben werden – auf dem Gelände von »Oschwanz und Söhne GmbH«!

Man kann dem verehrten Grigorij Wladlenowytsch kaum widersprechen, wahrlich, er ist Herr auf seinem Land!

Ferner informiert Sie unser Unternehmen mit Freude über sein flexibles Rabattsystem für Stammkunden. Bereits ab der dritten Bestellung werden Bonuspunkte gutgeschrieben, die man später einlösen kann. Es werden auch Sammelbestellungen angenommen. Einmal Oschwanz, immer Oschwanz!

Wenn schon begraben, dann nur mit uns!

Sawa überlegte lange. Man hörte das Herz des Deutschübersetzers in der Küche klopfen. – Mhm, – sagte Sawa. – So was Ähnliches wollte ich von euch. Nur zwei Sachen. Erstens – da, wo wir die Wärme unserer Herzen geben, vielleicht wäre es besser, Wärme durch Glut zu ersetzen? – Verstehen Sie, – sagte das Übersetzungsbüro zu Sawa, – in Anbetracht der Spezifik Ihrer Arbeit würden wir davon abraten. – Okay, – sagte Sawa mürrisch, – schon gut. Und noch eins, dieser Satz – Und wenn mir morgen – Gott bewahre – etwas zustoßen würde: klingt irgendwie wie eine Drohung, oder? – Okay, – sagte das Übersetzungsbüro, – das können wir streichen. Noch irgendwelche Anmerkungen? – Nein, – antwortete Sawa, – alles in Ordnung, – legte hundert Grüne auf den Tisch, nahm den Text und ging seinen Bruder suchen. Höchste Zeit, das Geschäft zu eröffnen.

Es wurde eine spektakuläre Eröffnung. An der frisch gebauten Kapelle drängelten sich die Besucher, die Feuerwehr war da, Vater Lukitsch rollte im BMW an, die Schwester der Oschwanz-Brüder kam zusammen mit ihrem Sohn, es kamen interessierte Einwohner der Wohnsiedlung, es kamen Vertreter der kommunistischen Partei mit dem den Brüdern bekannten Transparent NATO – HÄNDE WEG VON UKRAINISCHE ERDE, Zhorik kam im gelben Hemd, brachte einen verdienten Kriegsveteranen mit, sagte, daß sich das so gehöre, es müsse ein alter Mensch eine Ansprache halten, die Brüder widersprachen nicht, drückten Zhorik wortlos die Hand und reckten nervös ihre verschwitzten Hälse. Beide trugen schneeweiße türkische Hemden, die waren über die Torsos der Brüder gespannt und schweißgetränkt. Als erster bat Vater Lukitsch um das Wort, schaltete entschlossen das Handy ab und begann seine Rede. – Liebe Gemeinde, – sagte Vater Lukitsch, während er immer wieder zu seinem BMW schielte, um den sich die Kinder aus der Wohnsiedlung drängelten, – wir haben uns heute an einem gesegneten Ort versammelt. Dieser Ort ist gesegnet, weil er mit göttlichem Segen entstanden ist. Deswegen, liebe Gemeinde, wie unser Herr gesagt hat, liebet einander, und für alles andere wird er schon sorgen, – sprach Vater Lukitsch und zeigte mit großer Geste auf den mit Stacheldraht umzäunten Friedhof. – Die Gemeinde bekreuzigte sich furchtsam. Zhorik wischte sich mit seinem gelben Hemdsärmel die Tränen ab. Als nächster ergriff der verdiente Kriegsveteran das Wort. – Ich erinnere mich, – sagte er, – an eine heroische Episode an der Front. Es war der harte Winter vierundvierzig. Wir standen bei Moskau, wie ein Mann, der Winter war hart, wir aber standen wie ein Mann und ließen die Schweine nicht durch.

– Zhorik, – Grischa trat an Zhorik heran, – was brabbelt der da, was für ein Winter vierundvierzig, was für ein Moskau? – Entspann dich, – sagte Zhorik beschwichtigend, – der hat bei Lenfilm gearbeitet, die haben bei Moskau einen Film gedreht, mit Ljubow Orlowa oder irgendeiner anderen Schlampe, kenn mich da nicht so gut aus.

– In finsterster Nacht also bezog ich meinen Posten, der Frost klirrt, die Panzer halten das nicht aus, ganz zu schweigen von den Menschen … Aber ich war nicht von der schwachen Sorte, konnte es mit vieren von euch aufnehmen, – er zeigte auf die Oschwanz-Brüder. – Es ist gerade Vollmond, und so ein Frost, daß es die Panzer nicht aushalten, ja-ja-ja, also ich laß mich nicht so leicht unterkriegen, war keiner von der schwachen Sorte, ja-ja … Da ruft mich der Oberkommandierende Iwan Stepanowitsch Konew zu sich und sagt – Gefreiter Schimeladow … – in diesem Moment applaudierten alle und schoben den verdienten Kriegsveteranen von der Bühne, was der allerdings gar nicht merkte. Der Veteran packte Zhorik an dessen gelbem Ärmel und setzte seine Ansprache fort. Die Brüder fixierten den Alten wie Geier ein Stück Vieh, das in der Wüste verendet, ihr professioneller Instinkt war geweckt, und ganz richtig erkannten sie in dem verdienten Kriegsveteranen einen potentiellen Kunden. Danach spulte Vater Lukitsch geschäftsmäßig ein Gebet ab, und man versammelte sich in der Kapelle ums Buffet. Zum Abschied drückten die Feuerwehrleute den Brüdern die Hand, wir melden uns, – sagten sie, – Zeit, die Sache auf eine seriöse Grundlage zu stellen. – Die Feuerwehrleute meldeten sich eine Woche später telefonisch; also, – sagten sie, – in Budapest findet demnächst im Rahmen des Städtepartnerschaftsprogramms eine Konferenz statt. Über Ökumene. Fahrt ihr hin? – Über was? – fragte Grischa. Ökumene, – wiederholten die Feuerwehrleute, – kurz gesagt – kommunaler Sektor, nichtstaatliche Organisationen, paranormale Praktiken. Ihr fallt unter alle diese Kategorien. Fahrt ihr? – Und Knete? – fragte Grischa. – Sie blechen für alles, – beruhigten ihn die Feuerwehrleute, – wir würden ja selbst fahren, aber wir haben die OSZE. – Was? – fragte Grischa wieder nach. – Kurzum, – wiederholten die Feuerwehrleute, – fahrt ihr zur Ökumene? – Okay, – seufzte Grischa. – Okay, – sagten die Feuerwehrleute, dann geben wir ihnen eure Telefonnummer, sie schicken euch ein Fax. – Wir haben kein Fax, – sagte Grischa. – Dann kauft euch eins, – rieten die Feuerwehrleute und legten auf. Grischa erzählte alles seinem Bruder. Sawa gab ihm zwanzig Grüne. Grischa ging zur nächsten kommunalen Hausverwaltung und kaufte für die zwanzig Grünen deren Fax. – Das schreiben wir ab, – erklärte ihm der Leiter der kommunalen Hausverwaltung knapp und steckte den Zwanziger in die Tasche seiner unmäßig weiten Hosen.

Man rief aus Budapest an. Zufällig war im Büro gerade niemand außer Grischa, also war er es, der das Gespräch führen mußte. Zuerst kriegte er Panik wegen dem Englisch, dann gewöhnte er sich daran, versuchte, seinen gesamten englischen Wortschatz zu aktivieren, den er seinerzeit von den Negern in den Wohnheimen gelernt hatte, und schlug den ersten Angriff mehr oder weniger erfolgreich zurück. Sich selbst nannte er bedeutungsvoll »se president«, seine Firma »chaus of se des«, und um ihr »Geschäftsprofil« zu beschreiben verwendete er den ihm selbst nicht ganz verständlichen Begriff »gotic stail«. Am nächsten Tag kam ein Fax aus Budapest. Auch das Fax nahm Grischa an, der gelernt hatte, mit dem Gerät umzugehen und niemand anderen auch nur in die Nähe ließ. Die Brüder beugten sich über das Papier, aber außer dem schon bekannten »House of the Death«, an das das Fax adressiert war, verstanden sie null. Die Brüder dachten ein bißchen nach und trabten dann wieder zum Übersetzungsbüro. Dort sperrte man den Deutschübersetzer wortlos in die Küche und beugte sich ebenso wortlos über das Papier. – Sie werden zu einer Konferenz eingeladen, – erklärte man den Brüdern, – über Ökumene. – Das wissen wir auch ohne euch, – knurrte Grischa, aber sein Bruder beschwichtigte ihn. – Man bittet um eine Firmenpräsentation, in multimedialer Form, – übersetzte das Übersetzungsbüro weiter, – Sie haben 30 Minuten Zeit, Arbeitssprachen sind Ungarisch und Deutsch. – Was bedeutet multimediale Form? – fragte Sawa. – Was bedeutet Präsentation? – fragte Grischa. – Also, – sagte das Übersetzungsbüro, – Sie müssen 30 Minuten über Ihre Firma reden, möglichst mit Dias. Möglichst auf ungarisch. – Kannst du das? – fragte Sawa Grischa. – Auf ungarisch nicht, – sagte der. – Und auf deutsch? – Auf deutsch auch nicht, – sagte Grischa. – Wir können Ihnen eine Präsentation auf deutsch vorbereiten, – sagte das Übersetzungsbüro, – und weil Sie es sind, machen wir auch noch eine Übersetzung in eine normale Sprache, Sie zeigen die Dias, und alles steht schon da. – Und Ihr rafft das mit der Ökumene? – fragte Sawa mißtrauisch. – Unser Deutschübersetzer rafft es, – sagte das Übersetzungsbüro. – Gut, – sagte Sawa und bemühte sich wieder, seinen Bruder zu beschwichtigen.

Mit einem ängstlichen Blick auf Grischa trat der Deutschübersetzer ins Zimmer. – Ich kann es versuchen, – sagte er, nachdem er das Fax gelesen hatte, – aber ich brauche detailliertere Informationen über das Profil Ihrer Firma. – Kleiner, – Grischa rückte düster auf ihn vor, – Kleiner, eins sag ich dir, – Sawa konnte ihn gerade noch am Ärmel packen, – wir bieten Service, wir bieten Service von A bis Z, verstehst du mich? – Der Deutschübersetzer ging hinter dem Computer in Deckung. Sawa legte ihm die technischen Unterlagen ihrer Firma auf den Tisch, Grischa zog ein viermal gefaltetes kariertes Blatt mit Zhoriks Zeichnung aus der Tasche. Der Übersetzer schielte hinter dem Bildschirm hervor und betrachtete die Zeichnung. – Ich könnte, – sagte er, – versuchen, es als Recyclingprogramm mit menschlicher Dimension zu beschreiben. – Und das ist dann ökumenisch? – fragte Sawa. – Ökumenisch, natürlich ist es das, beeilte sich der Deutschübersetzer zu versichern. – Kleiner, Mensch, Kleiner! ... – krächzte Grischa nur.

Der Deutschübersetzer sprach bei Sawa vor. – Wir sind umgezogen, – sagte er, – versuchen Sie also nicht, uns zu finden. Hier ist Ihre Präsentation, – er streckte Sawa eine CD-ROM hin, – und die Übersetzung in die normale Sprache. Ich habe Ihnen ZWEI Exemplare ausgedruckt. Ohne Aufpreis. – Als der Deutschübersetzer gegangen war, rief Sawa seinen Bruder, und sie befingerten lange die CD und studierten die Übersetzung. Die Übersetzung bestand aus einigen Grundaussagen, die von anschaulichen Plänen und Zeichnungen begleitet wurden. Auf den Zeichnungen standen schematisierte Personen vor kleinen Häuschen, daneben ein schematisierter Heizofen, der aussah wie eine Feldküche bei der Armee, und schwarzer dichter Rauch stieg auf. – Hm, – sagte Grischa, – gute Arbeit von dem Kleinen. – Sieht aus, – sagte Sawa, – wie ein Evakuierungsplan im Flugzeug, im Falle eines Absturzes. – Der Präsentation zugrunde lag der den Brüdern schon bekannte Text über die malerischen Ecken und die modifizierte Kapelle, die Brüder überflogen den Text noch einmal und überlegten, wen sie auf die Konferenz schicken könnten. Grischa hatte Angst zu fahren, sagte, daß er keine Sprachen kann, daß er Angst vorm Fliegen hat und nicht aus dem Büro weg kann, wer soll denn sonst die Faxe annehmen, – fragte er, nein nein, sagte er zu seinem Bruder, – das ist nichts für mich. Sawa wollte auch nicht fahren, vor allem weil er Angst hatte, Grischa das Geschäft zu überlassen. Grischa schlug vor, Zhorik zu schicken, Sawa war einverstanden, – aber höchstens zum Teufel. – Und was ist mit Vater Lukitsch? – fragte Sawa. – Nee, – antwortete Grischa nachdenklich, – nee, das geht nicht – Lukitsch ist auf Bewährung raus, der darf das Land nicht verlassen. Nee … – Wart mal, – sagte plötzlich Sawa, – laß uns Iwan schicken. – Ja, genau, – freuten sich die Brüder, warum haben wir da nicht gleich dran gedacht, klar, wir schicken Iwan. – Und sie riefen ihre Schwester an.

Ihre Schwester, Tamara Oschwanz, war Grischas leibliche Schwester, aber sie bezeichnete auch Sawa als ihren Bruder, was die beiden übrigens seinerzeit nicht daran gehindert hatte, miteinander ins Bett zu gehen. In jungen Jahren hatte Tamara einen Luftwaffenleutnant geheiratet, der Herkunft nach Ossete. Von diesem Osseten hatte sie ihren Sohn Iwan. Mit dem Beginn des ersten Tschetschenienkriegs packte es den Luftwaffenmann plötzlich, er sagte, nun sei die Zeit endlich gekommen, er werde nach Grosny fahren, um die unabhängige Itschkerische Luftwaffe aufzubauen. – Der Kaukasus erwacht! – schrie er drohend vom Balkon hinunter und schüttelte die Fäuste in Richtung Fernsehturm. Er kam allerdings nur bis Rostow, wo er in der Gegend des Flughafens als illegaler Taxifahrer die Leute abzockte. Tamara zog ihren Sohn allein groß, arbeitete im Hotel »Charkiw«, im alten Gebäudeteil, wo sie eine Etage leitete und vor allem für die Hotelprostituierten verantwortlich war. Sie selbst durfte nicht als Prostituierte arbeiten, wohl wegen ihres Nachnamens. Tamara liebte ihre Brüder, und ihr Sohn studierte schon drei Jahre Soziologie. Die Brüder riefen Tamara an, – Schwesterchen, – sagten sie, – du wolltest doch, daß wir was für den Kleinen tun, wir haben gute Arbeit für ihn. Internationale Beziehungen. Kommunaler Sektor. – Gut, – sagte Tamara, – ich schick ihn euch. Aber diesmal bitte keine Drogen. Iwan hatte Angst vor Onkel Sawa und noch mehr vor Onkel Grischa, aber er folgte seiner Mutter und kam zu den Brüdern ins Büro, wobei er einen furchtsamen Bogen um die im Korridor aufgestapelten frisch gezimmerten Särge machte. – Iwan, – begann Sawa in geschäftsmäßigem Ton, – willst du nach Budapest? – Beim Wort Budapest kriegte Iwan einen Ständer. – Ja, – sagte er, – was muß ich machen? – Kleiner, – bellte Grischa von seinem Platz aus, – hör einfach zu, Kleiner. – Warte doch, – unterbrach ihn Sawa, – du sollst auf einer Konferenz über Ökumene auftreten. – Weißt du wenigstens, was das ist, Ökumene?!! – bellte Grischa wieder. – Weiß ich, – antwortete Iwan ängstlich, – wir hatten ein Seminar zu Public Relations, da ging es um Ökumene … – Kleiner, Kleiner, – Grischa schüttelte nur den Kopf. – Also gut, – schloß Sawa und fiel seinem Bruder in den Arm, – hier auf der CD ist unsere Präsentation, hier hast du ein Exemplar der Übersetzung, das ZWEITE Exemplar behalte ich, hier sind hundert Grüne, schnell aufs Paßamt, sag, daß du von der Kommunalverwaltung kommst, du wirst erwartet, laß dir einen Paß machen, kauf ein Ticket, übermorgen ist dein Auftritt. – Onkel Grischa ließ drohend sein Gebiß klappern.

Und das ist, was weiter geschah.

In neuem Anzug, neuen Schuhen und einem neuen Mantel, in der ledernen Pilotenkappe seines Vaters, Plaste-Aktenkoffer in der Hand, stieg der junge Ökumene-Vertreter Iwan Oschwanz ins Flugzeug, machte es sich bequem und bestellte einen Scotch. Die Stewardeß, die ihre professionelle Abneigung nur schlecht verbergen konnte, servierte ihm statt dessen eine Limo. Iwan kriegte sofort schlechte Laune. – Hey, Kumpel, – wandte sich plötzlich sein Nachbar an ihn, – willste mal? – Der Nachbar lächelte, auch er trug einen Anzug und ein grellgrünes Hemd. Iwan dachte, daß genau solche Typen in Büchern als »freundliches Mondgesicht« bezeichnet werden, und nickte zustimmend. Der junge Mann holte eine 0,75-Liter-Flasche Absolut aus der Hosentasche und grinste freundlich-mondgesichtig. – Sjewa, – er streckte Iwan seine schwammige rechte Hand hin, schraubte dann hastig den Deckel ab, trank und reichte Iwan den Absolut. Iwan setzte die Flasche an den Mund, kriegte vom Wodka einen Hustenanfall und spülte mit Limo nach. – Auf unsere Bekanntschaft, – sagte das Mondgesicht freundlich und nahm noch einen Schluck. – Hey, Brüderchen, – begann der junge Mann die Konversation, als die Maschine in den Himmel aufstieg und Iwan die Limo hochkam, – bist du geschäftlich unterwegs oder was? – Kulturprogramm, – flüsterte Iwan und schluckte schwer, – kommunaler Sektor. – Und ich, Brüderchen, – das freundliche Mondgesicht lehnte sich genüßlich im Sessel zurück und klemmte die Oma in der Reihe dahinter ein, – fliege über die Parteilinie. – Wie das? – Iwan kapierte nicht. – Ich, Brüderchen, komme aus dem Donbass, – die füllige Hand des jungen Mannes fuhr plötzlich in Iwans Richtung, der konnte gerade noch rechtzeitig ausweichen, und Sjewa fing die Stewardeß ab, die durch den Gang lief und einer Delegation betrunkener ukrainischer Diplomaten, die in Budapest noch nach Brüssel zum Gipfeltreffen über freie Wirtschaftszonen umsteigen mußten, die Sicherheitsgurte anlegte. – Mütterchen, – sagte er, – Mütterchen, zwei Tee bitte. Ja, Brüderchen, wandte er sich wieder Iwan zu, – ich komme aus dem Donbass, also vom Donezker Gebietskomitee, ideologischer Sektor sozusagen. Fliege über die Parteilinie, er nahm noch einen Schluck und griff sich Iwans Limo. – Und was macht ihr dort in der Partei? – fragte ihn Iwan. – Wir? – der junge Mann lachte fröhlich, – wir gründen eine Plattform, Brüderchen. Hast du Marx gelesen? – Hab ich, – antwortete Iwan. – Und Engels? – Iwan nickte wieder. – Und den Briefwechsel zwischen Marx und Engels? – Damit verkomplizierte das freundliche Mondgesicht die Sache. Iwan mußte verneinen. Der junge Mann lachte: – Ha, Brüderchen, das ist es – ihr alle lest den falschen Marx und den falschen Engels. Den Briefwechsel muß man lesen. Ich zeig dir ein Buch, – flüsterte er Iwan vertraulich ins Ohr und kam ihm dabei ganz nahe, Iwan war es ein bißchen so, als schnuppere das Mondgesicht an ihm, – das Buch der Bücher, Brüderchen, der frühere Leiter unserer ideologischen Sektion hat es geschrieben, schon zehn Jahre her, ich lese es aber bis heute und entdecke immer was Neues. Es geht eben um den Briefwechsel zwischen Marx und Engels. Da, lies! – fröhlich drückte er Iwan eine zerknitterte Broschüre in die Hand. – Wir bereiten uns auf die Wahlen vor, Brüderchen, fuhr er fort, lehnte sich wieder zurück und klemmte die Oma, die sich gerade hatte befreien können, wieder ein. – Werden denen schon noch zeigen, was das heißt, Diktatur des Proletariats! – das freundliche Mondgesicht ballte die Fäuste. – Wir sind noch wer, Brüderchen. Sobald sie unseren Sponsor rauslassen. – Wo rauslassen? – fragte Iwan verständnislos. – Die Ungarn haben ihn geschnappt, er war gerade dabei, seine Offshore-Moneten über ihre Bank zu leiten, da haben sie ihn geschnappt. Er hatte seine Finger an der Pipeline, kapiert? Unser Sponsor ist der beste von allen, Brüderchen. Hatte seine Finger an der Pipeline, da kam die Reversion, also sie haben die Fließrichtung geändert, dazu der neue Terminal und so, kapierst du, Verschlechterung der Zollbedingungen, und er hat irgendwelchen Typen aus dem ungarischen Staatsdepartement versprochen, bei diesem ganzen Hype eine Abzweigung zu ihnen zu legen, so ein Hype, verstehst du – und wir haben's ja! Warum ich aber so angefressen bin – die eigenen Leute haben ihn verpfiffen, aus seiner eigenen Fraktion, wo er doch erstens Revisionist ist und zweitens seine Finger an der Pipeline hat, klar, daß denen das nicht paßt. Haben ihn also an die Ungarn verzinkt, die Ungarn haben ihn geschnappt und halten ihn fest, angeblich wegen der Offshore-Moneten, aber was das für Offshore-Moneten sein sollen, weiß keiner, so ist das, Brüderchen. Macht aber nichts, Dialektik halt. Hast du Lenin gelesen? – Iwan nickte. – Na, so was wie die Bedingungen des sich verschärfenden Klassenkampfes. Aber scheiß drauf, – das freundliche Mondgesicht setzte wieder gierig die Flasche an, – ein Gespenst, Brüderchen, geht um in Europa, also scheiß drauf. Das Proletariat läßt sich nicht einschüchtern, wir haben schon einen Kontakt im Staatsdepartement, jetzt noch ordentlich schmieren, und er ist noch vor den Wahlen raus. Dann werden wir uns die drei Quellen der Sozialdemokratie mal anschauen. Hier, – Sjewa zog geschickt einen Stapel Flugblätter aus dem Ärmel, – nimm! – Was ist das? – fragte Iwan. – Meine Arbeit, – grinste Sjewa freundlich-vollmondig, – habe ich entwickelt. Wir stehen in der Tradition, verstehst du, setzen sozusagen die Sache unserer Eltern fort, der frühere Leiter unserer ideologischen Sektion hat seinerzeit, vor zehn Jahren oder so, eine geile Theorie vom Zerfall des Kapitals entwickelt, ich bin noch weiter gegangen – ich habe die Theorie der Autarkie des Kapitals entwickelt. – Und was soll das sein? – fragte Iwan wieder – mit der halbvollen Flasche Absolut in einer Hand und der ebenfalls halbvollen Limo in der anderen, fühlte er sich irgendwie unsicher in diesem Flugzeug, zwischen diesen Diplomaten, neben Sjewa, vor der halb erstickten Oma, er war total verwirrt und nahm deshalb noch einen Schluck. – Was das ist? – lachte der junge Mann. – Das ist eine Bombe, Bruder, ein Perpetuum mobile, denen hab ich's gezeigt, kapiert? Wir drücken das jetzt durch den Haushaltsausschuß, kriegen die Investitionsförderung, schmieren die Fraktion, und dann kommt auch unser Sponsor frei. Ach Brüderchen, Brüderchen, – Sjewa umarmte Iwan, – nur die wehrhafte Revolution ist was wert. Lies es, wenn du Zeit hast, – sagte er geschäftig, nahm Iwan die Pulle ab und trank sie auf einen Zug leer. Iwan griff verwirrt seinen Aktenkoffer, holte die Pressemitteilung heraus und hielt sie Sjewa hin: hier, – sagte er, – das ist von mir. – Geschäftsunterlagen? – der mondgesichtige Sjewa blätterte sachkundig, – technische Daten? – Dort steht unsere Faxnummer, – erklärte Iwan, – wenn was ist – melde dich, bist immer willkommen. – Ach, Brüderchen, sagte Sjewa daraufhin enttäuscht, – hier steht alles auf englisch, und ich bin doch Deutscher. Aus dem Donbass. – Deutscher? – Na klar, – das Mondgesicht des jungen Mannes sah plötzlich traurig aus, – hab ab der vierten Schulklasse Deutsch gelernt – seid bereit, immer bereit, es lebe ernst thälmann, verstehst du? – Hier, nimm, – Iwan öffnete noch einmal seinen Aktenkoffer und holte den Ausdruck heraus. – Das ist die Übersetzung. – Aha, – Sjewa prüfte den Stapel mit den Fingern, – verstehe, – sagte er respektvoll, als er die Skizze des Ofens sah.

Nach der Landung auf dem internationalen Flughafen von Budapest war Iwan schlecht; die Stewardeß ging durch den Gang und band die ukrainischen Diplomaten los. – Okay, Brüderchen, – sagte Sjewa, – ich bin weg, die Genossen vom ungarischen ZK erwarten mich. Und nicht vergessen – die Autarkie des Kapitals! – Er zerdrückte Iwan fast in seiner freundlich-vollmondigen Umarmung, kickte die leere Flasche Absolut unter den Sitz und ging zum Ausgang. Iwan folgte ihm. Und hinter Iwan schleppte sich die halberstickte Oma hinaus. In Budapest regnete es.

Im Flughafen wurde Sjewa von Zigeunern erwartet. Vorne ein Zigeuner mit einer Gitarre, an seinem roten Hemd war eine rote Schleife befestigt, daneben ein Zigeuner mit einem Zimbal, dahinter ein paar bunt gekleidete Frauen – ohne Instrumente, aber bereit, jeden Augenblick loszusingen. Sjewa sah die Zigeuner, aha, er stieß seine geballte, schwammige Faust in die Höhe, camarada, es lebe ernst thälmann! Der Zigeuner mit der Schleife zupfte die Saiten, sein Partner schlug das Zimbal, und alle sangen die Internationale.

Iwan kam am nächsten Morgen im Hotel wieder zu sich. Zwei Frauen in strengen Kostümen beugten sich über ihn. – Mister Oschwanz? – fragten sie, – House of the Death? – Ja, genau, – antwortete Iwan und schleppte sich zum Konferenzsaal. – Hören Sie, – sagten unterwegs die beiden Frauen, heute ist der zweite Konferenztag. Sie treten als dritter auf. – Darf ich vielleicht als vierter? – Nein, – die Frauen blieben hart, – als vierter ist der Vertreter der Zionisten dran, es gäbe einen Skandal, wenn sein Auftritt verschoben würde. – Wenn ich Ihnen hier alles vollkotze, – sagte Iwan, – gibt es auch einen Skandal. – Alles wird gut, – antworteten ihm darauf die zwei Frauen, – wo ist Ihre Präsentation? – Iwan gab ihnen wortlos die CD. – Und das Referat? – fragten die Frauen. – Und das Referat? – stimmte Iwan ein und fing an, in den Taschen seines neuen, aber schon zerknitterten Mantels herumzuwühlen. Und das Referat? Und das Referat? – dachte er verzweifelt, während er Flugtickets, Zollerklärungen, Werbeprospekte des Hotels und einen Stapel Flugblätter durchsah. Und das Referat? Shit, dämmerte ihm plötzlich, – das hab ich gestern Sjewa geschenkt zur Erinnerung, o shit. – Das hier? – fragten die Frauen ungeduldig, als sie die Flugblätter in seinen Händen sahen, entrissen ihm eines, verloren sofort das Interesse an ihm und gingen ins Pressezentrum. Iwan stapfte ihnen nach, bis zu seinem Auftritt blieben noch paar Stunden, man konnte versuchen, irgend etwas zu unternehmen. Iwan fiel nichts Besseres ein, als vom Pressezentrum in der Firma anzurufen. Wie zu erwarten, hob Onkel Grischa ab, hey, Kleiner, brüllte er, also sicher gelandet, Bastard! – Onkel Grischa, – fing Iwan an und versuchte, sich die Wörter aus der Leere zusammenzusuchen, die sich unter seiner Gurgel gebildet hatte, – Onkel

Grischa, könnten Sie mir vielleicht an diese Nummer den Text der Präsentation faxen? – Kleiner, – schrie Grischa verärgert, – was? hast sie wohl nicht alle! – Onkel Grischa, – weinte Iwan, – ich brauche das wirklich dringend. – Hey, Kleiner, – Grischa erfaßte den Ernst der Situation, – du, versteh doch – ich würde dir dieses verfuckte Fax schicken, aber ich kann nicht – bisher weiß ich nur, wie man Faxe empfängt, scheißenochmal.

Iwan versuchte sogar, mit dem Vertreter der Zionisten zu reden. Dieser lächelte Iwan freundlich an und sprach ungarisch. Da hatte der zweite Referent seinen Aufritt beendet. Kalter Schweiß trat Iwan auf die Stirn, und er ging auf die Bühne. Trat vor der Leinwand von einem Fuß auf den anderen, holte dann tief Luft und zog Sjewas Flugblatt aus der Tasche. Also, dachte er, fünf Minuten für die Einführung, zum Beispiel alle begrüßen, Grüße übermitteln, die Hymne singen. Danach eine Schweigeminute erklären, dann sind es schon sechs.

Musik erklang. Auf der Leinwand erschien die Darstellung eines freundlich blickenden Jesus gefolgt von einer Gruppe Gläubiger, darunter in gotischer Schrift – House of the Death presents. Welcome to Ukraine – land of the gothic paradise! – Die im Übersetzungsbüro hatten ihre Sache ernst genommen – Jesus machte wirklich den Eindruck eines Menschen, der gerade sein Leben für alle Anwesenden gegeben hatte. – Ein Gespenst geht um in Europa, – las Iwan mit tragischer Stimme den ersten Satz, – das Gespenst des Kommunismus! – Die Musik brach ab und die Leute wurden irgendwie still. Es erschien die erste Zeichnung – ein kleines, schematisiertes Häuschen, hinter dem sich ein Zaun aus schematisiertem Stacheldraht spannte. Um das Häuschen wuchs schematisiertes Gras, am Horizont erhoben sich düstere Wolkenkratzer. Dazu gotische Untertitel, in denen es in deutscher Sprache um die malerischen Ecken Charkiws ging. – Genossen, – erklärte Iwan mit mehr Sicherheit in der Stimme, – unter den Bedingungen anhaltender politischer Stagnation, vor dem Hintergrund der fortwährenden Verarmung der proletarischen Massen, die unaufhörlich zunimmt, hat die ideologische Sektion des Donezker Obkom eine rege Tätigkeit entfaltet! Der von rastloser Parteidisziplin erzogene Jugendflügel des ZK hält seine Tore offen für alle, denen das Schicksal des werktätigen Volkes nicht gleichgültig ist. – Es erschien Zeichnung Nummer zwei. Dargestellt war eine schematisierte Familie, Vater, Mutter, Kind ohne Geschlechtsmerkmale. Sie saßen am Stacheldraht und aßen ein schematisiertes Lunch. – Tag für Tag, – fuhr Iwan fort und linste auf sein Blatt, – ohne ihren Glauben und ihr Parteibewußtsein zu verlieren, stehen die Werktätigen der Region für den Schutz ihrer professionellen Pflichten ein. Kein Wunder, daß die Initiativen der ideologischen Sektion unter den ärmsten Schichten der Bevölkerung schon seit langem Sympathie hervorrufen. – Danach erschien eine Zeichnung, auf der mehrere Totengräber zu sehen waren, die ein Grab gruben. Die Totengräber waren schematisch dargestellt, die Kreuze auf den Gräbern aber im gotischen Gesamtstil gehalten und erinnerten von weitem an Hakenkreuze. An der Seite befand sich eine Graphik, der Pfeil zeigte steil nach oben, offensichtlich eine Anspielung auf den hohen Anspruch an Operativität und Professionalität. – Im Unterschied zu anderen politischen Kräften, – erklärte Iwan den Anwesenden, – hat unsere

Partei einen konkreten Plan für wirtschaftliches Wachstum. Die ideologische Sektion des ZK hat zur Waffe der unsterblichen Lehren von Marx-Engels gegriffen und verpflichtet sich, den minimalen Lebensstandard jedes einzelnen Bürgers zu heben, unabhängig von seiner sozialen Herkunft, seinem Beruf oder Glauben. – Es erschien Zeichnung Nummer vier mit der Abbildung einer Kapelle, zu deren beiden Seiten ein schematisierter Priester, schematisierte Klageweiber und ein schematisierter Tamada mit Glas in der Hand dargestellt waren. – Die ideologische Sektion des ZK, – kommentierte Iwan, – kämpft entschlossen für die Verbesserung der ökonomischen und sozialen Lebensbedingungen der werktätigen Massen, wobei sie rudimentäre Erscheinungen der dunklen Vergangenheit wie Religion, Prostitution und Alkoholismus scharf verurteilt und bekämpft! – Plötzlich erschien auf der Leinwand das riesige, schnurrbärtige und unzufriedene Gesicht von Grigori Oschwanz. Das Übersetzungsbüro hatte es offenbar nicht gewagt, ihn schematisiert darzustellen, daher befand sich der ganze Monolog vom Veteranenvater direkt unter Grischas Schnurrbart. Als das bekannte Gesicht auftauchte, sank Iwan für einen Augenblick der Mut, aber er zwang sich, von neuem auf sein Blatt zu schielen. – Wir dürfen keinesfalls aufhören, wachsam zu sein, – rief er in den Saal und fixierte dabei vor allem den Vertreter der Zionisten. – Die freche Fratze des weltweiten Imperialismus drängt wieder in das Land unserer Väter! Für sie ist es nicht einfach nur ein Arbeitsplatz. Für sie ist es ein Ort von Profit und grausamer Ausbeutung. Aber die Punks von der Wall Street, die ihre Fratzen in unsere Angelegenheiten stecken – Iwans Finger zeigte energisch in Richtung Onkel Grischa – wollen wir daran erinnern: Sollte es, Gott behüte, morgen eine politische Invasion euerseits geben, dann werden wir euch euer Grab schaufeln – auf dem mit Blut und Schweiß der Aktivisten der ideologischen Sektion des ZK getränkten Territorium. Iwan schöpfte Atem. Die Teilnehmer der Konferenz auch. Aber wie sich herausstellte, war das noch nicht das Ende. Es erschien die letzte Zeichnung, Nummer fünf. Dargestellt war ein schematisierter Heizofen, aus dem dichter schwarzer Rauch aufstieg. Neben dem Ofen standen Arbeiter und warfen Gegenstände undefinierbarer organischer Herkunft in den Ofen. Daneben waren einige Indikatoren in Prozent angegeben, wobei die Prozente unaufhörlich wuchsen. Der Vertreter der Zionisten verließ empört den Saal. Iwan war irritiert, beendete aber trotzdem seine Rede: – Mit innerem Optimismus und Glauben an eine politische Perspektive informiert die ideologische Sektion des ZK am Vorabend der Wahl über eine ständig steigende Zahl von Parteimitgliedern, vor allem über sich häufende Fälle kollektiven Beitritts von Arbeitermassen in die fest geschlossenen Reihen der Partei.

Komm in die Partei! – schloß Iwan pathetisch, – und bringe einen Nachbarn mit!

Oder eine Nachbarin, – fügte er aus eigenem Antrieb unsicher hinzu.

Nach seinem Auftritt verweigerten die Mitarbeiter des Pressezentrums jeglichen Kontakt mit Iwan. Die anderen Ökumenisten bemühten sich ebenfalls, ihn nicht anzusehen, wandten ihre Augen ab und interessierten sich für das Programm des nächsten und letzten Konferenztages. Allerdings trat ein älterer Mann auf Iwan zu. – Gratuliere! – rief er. – Gratuliere! Es freut mich, hier einen Angehörigen der nationalen Jugend begrüßen zu dürfen! – Iwan bemerkte sein klobiges Hörgerät und nickte. Das war hervorragend! – schrie der Mann wieder, – ganz einfach hervorragend! – Laszlo Konaschewytsch, – stellte er sich schreiend vor, – Kommissarischer Ataman der Ferencváros-Einheit der Donau-Sitsch! Ihre Höllenmaschine hat mich sehr beeindruckt! – Das ist ein Ofen, – erklärte Iwan. Ja, ja, – Laszlo Konaschewytsch hatte ihn nicht richtig verstanden, – aber dürfte ich Sie bitten mir zu erläutern, ob das auch von der Verbreitung der ukrainischen Sprache dort im russifizierten Osten zeugt? – In gewissem Maße schon, – antwortete Iwan, in gewissem Maße schon.

Wieder zurück, ging Iwan ins Büro, übergab den Brüdern die benutzten Tickets, schenkte Onkel Sawa ein T-Shirt mit unverständlicher ungarischer Aufschrift und Onkel Grischa einen Satz chinesischer Porno-Postkarten, von der Konferenz wollte er nichts erzählen, sagte, die Ökumene entwickle sich, fuhr heim und legte sich schlafen. Gleich nach Iwan kam aus Ungarn ein Fax, wie üblich nahm Grischa das Fax entgegen, das Fax stammte von der Schewtschenko-Stube der Ferencváros-Einheit und war mit Laszlo Konaschewytsch unterzeichnet. In seinem Schreiben bedankte sich Laszlo Konaschewytsch nochmals für die wunderbare Möglichkeit, einen Vertreter der nationalen Jugend zu Gast gehabt zu haben, verlieh seiner Begeisterung für die Höllenmaschinen Ausdruck und wünschte der ukrainischen Seite auch in Zukunft Erfolg bei der Verbreitung der ukrainischen Sprache und der Fortführung des Partisanenkriegs, dessen

Resultat, so führte er aus, die Ukrainische Einige Geistliche Republik sein müsse. Am schlimmsten war, daß Laszlo Konaschewytsch dieses Fax im Doppel an die Adresse der Kommunalverwaltung geschickt hatte. Die Feuerwehrleute kamen höchstpersönlich zu den Oschwanz-Brüdern. Brüllten rum. Grischa wollte sich mit ihnen prügeln, aber die Feuerwehrleute zogen ihre Dienstwaffen. Am Ende sagten die Feuerwehrleute den Oschwanz-Brüdern, vor allem Grischa, einen Haufen unangenehmer Sachen, wonach sie loszogen, um sich vor ihren Vorgesetzten zu rechtfertigen. – O fuck, – klagte Sawa, – was tun, was tun. – Also, der Kleine, – schrie Grischa, – der Kleine! – Laß doch den Kleinen in Ruhe, – sagte sein Bruder, – hoffentlich erfährt Tamara nichts davon, sie kastriert uns, was sollen wir bloß machen. Wir müssen den Kleinen irgendwie wegschicken, – sagte Sawa nach kurzem Überlegen, – irgendwo weit weg. – Wir können ihn ja in der Kapelle verstecken, – schlug Grischa vor, – das Essen bringen wir ihm, da kann er sitzen und keiner merkt was. – Der Priester wird uns verfluchen, – widersprach Sawa, – besser irgendwo weit weg. Und was ist mit Eva? – fragte er Grischa. – Nichts, – antwortete der, – sie wartet. – Eva arbeitete als Buchhalterin für die Brüder. Sie war fünfundvierzig, trug aber immer coole Fummel und war überhaupt als einzige in der ganzen Firma nett anzusehen. Vor einer Woche hatten sie die Brüder, von denen keiner die Firma dem jeweils anderen überlassen wollte, nach Mariupol geschickt, um eine Partie Steine in Empfang zu nehmen, die übers Meer kommen und direkt am Hafen angeliefert werden sollte. Die Brüder mieteten ein paar Flachwaggons, hängten einen Liegewagen dran, setzten Eva hinein und schickten sie nach Mariupol. Aber die Fracht ließ auf sich warten, und Eva wohnte schon eine Woche im Liegewagen auf dem Güterbahnhof und schrieb Grischa täglich verzweifelte SMSe. Grischa las die SMSe, konnte aber selbst keine schreiben, daher blieb ihre Korrespondenz einseitig.

Die Brüder trafen Iwan zu Hause an. – Wo ist deine Mutter? – fragte Grischa streng und ging in die Küche. – Im Hotel, – antwortete der verängstigte Iwan und schloß die Wohnungstür hinter den Brüdern, – sie haben eine Delegation der OSZE, da kommt sie schon den dritten Tag nicht heim, muß die Prostituierten einteilen. – Ja, – verkündete Sawa nachdenklich, – das Land versinkt im Chaos, also hör zu, Iwan, pack deine Sachen, wir fahren ans Meer. – An was für ein Meer? – fragte Iwan verständnislos. Grischa schaute im Kühlschrank nach, fand dort ein kaltes Huhn und zerriß es auf furchterregende Art mit den Zähnen, wobei er Iwan direkt ins Gesicht blickte. – Du fährst nach Mariupol, – sagte Sawa, – zu unserer Buchhalterin, Tante Eva, nimmst die Fracht entgegen, bringst sie nach Charkiw, dann kaufen wir dir einen Scooter. Du willst doch einen Scooter? – Inzwischen hatte Grischa dem Huhn die Beine gebrochen, daher hielt es Iwan für besser, zu schweigen. – Hier hast du deine Fahrkarte, – sagte Sawa, – pack deine Sachen, wir holen dich heute abend ab.

Abends kamen die Brüder Oschwanz und Vater Lukitsch, Iwan abholen. Iwan kriegte lange die Tür nicht auf, endlich kam er mit den Schlüsseln klar, und die Brüder traten ein. Der Kleine konnte sich kaum auf den Beinen halten, überall in der Wohnung flogen seine Sachen rum, die er natürlich noch nicht gepackt hatte. Sawa konnte Grischa gerade noch rechtzeitig am Arm fassen und hinausschieben. Er setzte seinen Bruder in den kirschfarbenen S, bat den Priester, auf ihn aufzupassen, und ging Iwan holen. Zehn Minuten später kam er runter, auf den Schultern trug er seinen Neffen, in der Hand – dessen Sporttasche, aus der unterwegs Socken und Kondome rieselten. Er bat Grischa, sich nach vorn zu setzen, näher zum Fahrer. Vater Lukitsch betrachtete Iwan, äußerte zum wiederholten Male seine aufrichtige Verwunderung über die Weisheit Gottes und startete in Richtung Bahnhof. Am Bahnhof lud Sawa sich Iwan auf die Schultern, Grischa griff nach Iwans Tasche, Vater Lukitsch ging vorneweg. – Den nehm ich nicht mit, – sagte die Schaffnerin, nachdem sie Iwan gesehen hatte, – der saut mir hier nur alles voll. – Vater Lukitsch versuchte, die Schaffnerin einzuschüchtern und fing an, über die sieben Todsünden und ihre mögliche Exkommunizierung zu sprechen, aber überraschend stellte sich heraus, daß die Schaffnerin evangelisch war und sich deshalb weigerte, mit Vater Lukitsch überhaupt auch nur zu reden. – Was sollen wir tun? – fragte Sawa sich selbst. – Hört mal, liebe Gemeinde, – sprach der Pope zu ihnen, – dieser Zug geht doch über Wuslowa oder? – Na und? – Sawa verstand nicht. – Wann ist er dort? – So in drei Stunden, – antwortete Sawa. – Dann bringen wir ihn dorthin, wahrlich ich sage euch – bis Wuslowa geht's ihm besser. Wir laden ihn ein, und mit Gottes Hilfe fährt er ans Meer. – Da lobten alle Gott und fuhren nach Wuslowa.

In Wuslowa ließen sie Iwan im BMW sitzen und gingen zum Bahnhofsimbiß. Im Imbiß kriegte sich Grischa mit ein paar Bahnarbeitern in die Wolle. Die Bahnarbeiter schmissen Grischa raus und wollten ihn fertigmachen, da aber hol-

te Vater Lukitsch das Kreuz aus dem Revers seines Tweedjacketts, und die Bahnarbeiter zogen sich enttäuscht in den
Imbiß zurück. Aber bestimmt nicht für lange, also besser
Leine ziehen. Die Brüder kehrten zum BMW zurück und
warfen einen Blick hinein. Iwan war aufgewacht, schaute
aus dem Fenster und versuchte zu kapieren, wo er war.
Also, folgendes, Iwan, – erklärte ihm Sawa kurz angebun-
den, – hier ist deine Fahrkarte, der Zug kommt in einer
Stunde, Gleis 1, Wagen 20, bring nichts durcheinander und
schlaf nicht auf den Schienen ein, klar? – Iwan nickte. – Also, wir müssen los, – sagte Sawa und setzte sich neben Vater
Lukitsch, – Sammelbestellungen, Dumpingrabatte, du weißt
schon, – Vater Lukitsch drängte nervös zur Eile, Grischa
versteckte sich im Fond und verriegelte die Tür von innen. – Wenn du die Fracht bringst, – rief Sawa schon im
Wegfahren, – kaufen wir dir einen Scooter! – Iwan nahm
seine Tasche, blieb eine Weile auf dem leeren Bahnhofsplatz
stehen und ging dann auf die goldenen Lichter des Bahnhofsimbiß zu.

Um drei Uhr nachts herrscht Stille in den Maisfeldern und
den Verwaltungsgebäuden, und am Nachthimmel scheint
die nächtliche Sonne – kalt und unsichtbar, so kalt, daß man
glauben könnte, der Himmel sei leer und es gäbe gar nichts
darin, genau wie in den Maisfeldern und den Gebäuden;
da aber, nach ungefähr fünfzehn Minuten, kommt er aus
der Finsternis ins Licht der Semaphoren gekrochen – der
Geisterzug, ein langer, geschmeidiger Drache aus Kinderalp-
träumen, ein Monster, das kleine Chinesen und von der Kul-
turrevolution erschöpfte Rote Garden im Schlaf aufsucht, es
schlängelt sich vom Porzellangeschirr, das in den nationali-

sierten Fabriken des roten China bemalt wurde, und dringt in ihre nächtlichen Phantasien; seufzt schwer und stößt durch die Nase blauen Rauch aus, wenn es aus dem Maisfeld in den stillen und leeren Bahnhof springt, es zuckt noch einmal mit all seinen Porzellanmuskeln und erstarrt, nur für einen Moment, denn der Zug hält hier nur zwei Minuten; Iwan steht am Bahnsteig, Tasche in der einen Hand, Ticket in der anderen, und weiß, daß er es in diesen zwei Minuten nicht bis zum Wagen dritter Klasse Nummer 20 schafft, der sich ganz am Ende des Zuges befindet, dafür müßte er das Bahnhofsgebäude und die Lindenallee entlanglaufen, unter der kalten nächtlichen Sonne, die jetzt direkt über seinem Kopf steht, das schafft er nie, den nächtlichen Halt hat man sich nur ausgedacht, damit man für einen Moment aus dem Drachenbauch herausspringen kann, in das schläfrige, hallende Bahnhofsgebäude laufen, am Kiosk Numero Zwei eine Flasche warmen Wodka kaufen und, nachdem man auf den schon fahrenden Zug wieder aufgesprungen ist, die Linden und den Mais für immer hinter sich lassen kann. Deswegen schaut Iwan noch einmal auf seine Fahrkarte und steigt in den ersten Waggon, der Zug stößt einen zornigen Drachenpfiff aus und setzt sich kriechend in Bewegung, in Richtung Nacht, die zwanzig Meter weiter beginnt und irgendwo im Donbass endet.

Er steigt in den ersten Waggon und geht vorwärts, also eigentlich rückwärts, gegen die Fahrtrichtung, gegen die allgemeine Bewegung der Finsternis, geht in entgegengesetzte Richtung, entgegen dem Uhrzeigersinn, stoppt seinen inneren Zeitmesser, der sowieso nicht richtig funktioniert, dreht ihn vom ersten Waggon zum zwanzigsten zurück und wittert dabei die Lüfte und Düfte der Nacht, die er in den zwanzig Waggons erleben wird. Er versteckte sich vor zwei Schaffnerinnen, die heimlich Leichen von einem Abteil ins andere zerrten, ging weiter und tauchte ein in den unendlich süßen Tunnel der Dritte-Klasse-Dämmerung. Im Waggon roch es nach Kohle und Gewürzen, der Geruch kochenden Teewassers mischte sich hinein, und je länger er in den mit Atem gefüllten Korridoren stand, desto mehr Gerüche konnte er unterscheiden, hervorheben und für sich benennen, jeden einzelnen – den Geruch der Schaffnerinnen, die nach Kirschtee und gefärbtem Haar rochen, den Geruch der Soldaten, die nach Rasierwasser und Sperma rochen, den Geruch der Huren, die nach dem Rasierwasser und dem Sperma der Soldaten rochen, den Geruch der Zigeunerkinder, die nach Muttermilch und Anascha rochen und ihre Finger und Lippen nach dem herbem Shit aus Cherson, mit dem sie ihre warmen Tonpfeifen stopften; er unterschied den Geruch einer Gruppe von Invaliden, die zu einem Gastspiel ins Bergbaurevier fuhren und nach Lederbörsen und Ringen aus gefälschtem Silber rochen, in all das mischte sich der Geruch von Goldzähnen, Holzprothesen, warmen Äpfeln, Obstschnaps, gestrigen Zeitungen, Soldatendecken, der dicke und bittere Geruch Dutzender Soldatendecken, der von Waggon zu Waggon floß, vom ersten

in den zweiten, wo es nach Kirchenkalendern vom Vorjahr in den Taschen der Angehörigen der Zunft der Taubstummen roch, die schon seit Monaten in diesem Zug festsaßen, es roch nach gezinkten Karten in den Jacken der Zocker, die ans Meer die Saison eröffnen fuhren, es roch nach den warmen Kopien in den Mappen der OSZE-Delegierten, die ein Hüttenwerk schließen fuhren, es roch nach dem billigen Schmuck der Mädchen einer weiteren großen Zigeunerfamilie, die den halben Waggon plus Tambur besetzt hielt, und er folgte diesem Geruch und kam

in den dritten Waggon, erkannte den Geruch der Prägefolie auf den Ikonen, den Geruch von hölzernen Rosenkränzen in den Händen der Seminaristen, von denen einer gerade warmen Wodka vom Kiosk Numero Zwei geholt hatte, den Geruch neuer, gefälschter Pässe, den Geruch von Münzen und warmer Schokolade, den Geruch des Adrenalins, den zwei Dealer absonderten, die Stoff holen fuhren, den Geruch von Kinderspielzeug, gepanschtem Kognak, verchromtem Stahl, Kupfergeschirr, frischen Schnittwunden, von mit Zucker gemischtem Speichel, in Alkohol getränkten Magengeschwüren, von über das Gesicht verschmierten Tränen, den Geruch von Frauenhaut, Schritt für Schritt, von Waggon

zu Waggon, Frauenhaut, die nach Muttermalen und Narben riecht, nach Venen und Tätowierungen, Haut, die nach Atem riecht und nach der Stimme, mit der man zu ihr gesprochen hat, Frauenhaut, die nach Wachs und Stoff, Tabak und Honig riecht, nach trockenem Wein und vergilbten Laken, dieser Geruch drang in die Falten der Kleidung und fraß sich in die Nähte der Dämmerung,

und auch im fünften Waggon spürte er ihn noch, erkannte aber gleichzeitig immer ätzendere und bizarrere Gerüche, zum Beispiel den Geruch eines Serienmörders, nach dem man in den westlichen Regionen des Landes schon lange suchte, den Geruch von Illustrierten, den Geruch von Schulkreide, den Geruch von Brot frühmorgens im Laden, den Geruch von Universitätshörsälen, den Geruch von Umhängekreuzen, Armbändern, Büstenhaltern, Fernsehgeräten, den Geruch von Flußwasser, den Geruch des eigenen Schweißes, den Geruch der Handschuhe einer alten Bekannten, die sie irgendwann hatte liegenlassen und die er ihr nie zurückzugeben wagte, den Geruch des Geldes, süßer, aufregender Geruch der Kohle, Geruch alter Banknoten, der herbsaure, schwere und intensive Geruch der Geldscheine, der Geruch des Geldes, der dem Geruch des Lebens ähnelt, dem Geruch des Flußwassers und Herbstdunstes, so riecht der erste Lippenstift, so riecht der Alk, den du morgens auskotzt, so riecht die Luft, die dich umgibt, dann öffnete er die Tür und betrat

den sechsten Waggon, wo Pfadfinder saßen und wo der Geruch von Zelttuch und Zuckerwatte, von Filmen in Fotoapparaten und von verschüttetem Benzin stand, der Geruch von Asche, zerrissenem Papier, von Gras auf der Kleidung, der Geruch von Petting, von Kiosken, Motoröl, von dickflüssigem unendlichem Leim, Leim, der zwischen den Fingern zerfließt, sich im Dunkeln abkühlt, die Waggons überflutet und bis an die Gurgel steigt, weißer dickflüssiger Leim, aus dem er sich zu befreien versucht, er zieht ihn an wie eine lebenslängliche Last, sein Leim, mit seinem Geruch, seiner Last und Leichtigkeit, direkt

in den siebten Waggon, in dem Vietnamesen fuhren und intensiv nach italienischen Altkleidern rochen, nach Gips für Renovierungsarbeiten und warmen Gerichten, die sie mitgenommen hatten auf die unendliche Reise durch die östlichen Regionen, und ihre Sprache roch nach Oktoberschnee und

Erde, in die schon lange niemand mehr etwas gepflanzt hat, deswegen schweigen sie auch meist, behielten ihren Geruch und ihre Sprache für sich, und in dieser Stille erstarrte er für einen Augenblick zwischen den Waggons, schöpfte aber dann neue Kraft und setzte seinen Weg fort,

in den achten Waggon, in dem es nach den Kleidern fremder Leute roch, nach Friseur, Asphalt, Vögeln auf dem Fensterbrett, gebrochenen Schlüsselbeinen, aufgeschnittenen Handgelenken, zertrümmerten Schädeln, nach unter die Tischplatte geklebtem Kaugummi, Damenbinden und Portwein, nach Sex und warmem Augustschlamm, nach Regenwasser, das in die auf der Veranda zurückgelassenen Tassen und Teller tropft, nach Sand, der dir durch die Finger rinnt, Sand, der in deine Schuhe dringt, vom Wind aufgewirbelt wird, sich in deinen Haaren festsetzt und zwischen deinen Zähnen knirscht, nach ausgetrocknetem totem Sand, getrocknet wie die Abzüge von Fotografien, der Geruch von Staub auf ihren überall verstreuten Kleidern,

im neunten Waggon roch es nach Pfeffer und Möbeln, es roch nach ihrer alten Wohnung, aus der sie ausgezogen waren, als er sieben war, es roch wie ein altes Uhrwerk, von dem du die Spinnweben bläst und das du wieder in Gang zu bringen versuchst, aber alte Uhren sind fast geruchlos, sie verlieren ihren Geruch gleichzeitig mit ihrem Rhythmusgefühl, tote Sachen riechen ganz verschieden, tote Haut riecht nach ihrer Vergangenheit, totes Leben riecht auf eine besondere Weise nach dem, was danach kommt, er aber ließ diesen Geruch hinter sich und ging in den zehnten Waggon, wo er einen Haufen bekannter Gesichter entdeckte, so bekannt, daß er sie gar nicht benennen konnte, sie wollten auch gar nicht benannt werden, er erinnerte sich, wie die Sachen seiner Bekannten rochen, ihre Schlüssel, Ausweise, Fotoalben, die Hemden in ihren Schränken, ihre Rasierklingen, Schuhbürsten, Schlachtmesser, die Waffen zur Selbstverteidigung, der Alkohol zur Selbstberuhigung, das Jod zur Selbstvernichtung, das Radio für die Wut, die Telefonhäuschen zur Wahrung von Ruhe und Ordnung, die Korkenzieher für die innere Disziplin, die Sonnenbrillen zum Schutz gegen die Sonne, die kupferfarbenen Türschilder, abgegriffenen Geländer im Treppenhaus, Briefkästen, bröckelnden Balkone, die warmen Gehsteige, Straßenbahnlinien, Schnellstraßenkreuzungen, die herbstlichen Parks, leeren Gassen, die dichte sommerliche Luft voll Regen, der noch nicht fällt,

und schon im nächsten, im elften Waggon fiel ihm plötzlich auf, daß das schon das letzte war, was er unterscheiden konnte, und weiter folgte er einem Geruch, den er noch nicht kannte und daher auch nicht wiedererkennen konnte, ein seltsames, flimmerndes Gefühl, als ginge jemand an dir vorbei, ohne eine Spur, irgendeinen Hinweis zu hinterlassen, nur dieses Gefühl, das aber genügt, damit du ihm nachgehst, in den nächsten Waggons seine Fortsetzung suchst, in der Dunkelheit, mit der sie angefüllt sind, seine zu Staub zerfallenen Reste einfängst wie die Überreste einer geschlagenen Armee, die sich in den Wäldern versteckt, ein seltsamer Geruch, den er einfach nicht benennen konnte und der ihm einfach keine Ruhe ließ, so riecht die Luft, wenn sie vergeht, die Abwesenheit von Luft riecht so, die Abwesenheit von Leben und die Abwesenheit von Erinnerungen, vielleicht folgte er ebendiesem Geruch bis zu seinem zwanzigsten Waggon, und als er den betrat und seinen Platz suchte, ging ihm auf, daß seinen Platz schon längst ein anderer eingenommen hatte und daß das überhaupt nicht sein Zug war und er auch nicht in die richtige Richtung gegangen war, obwohl es in diesem Zug nur zwei Richtung gab – von vorn nach hinten oder von hinten nach vorn, deshalb drehte er schweigend um und ging zurück, orientierte sich in der Dunkelheit an den Sternen, den Stimmen der Schaffner, den Zeichen und Zinken, die er auf dem Herweg zurückgelassen hatte, vor allem aber doch an den Gerüchen.

– Aufstehen, – hörte Iwan von oben, und als er die Augen öffnete, sah er eine Frau, die sich über ihn beugte, so daß ihm ihre Haare ins Gesicht fielen, – aufstehen, wie lange willst du denn noch pennen. – Iwan versuchte aufzustehen, zuerst schaffte er es nicht, dann aber hob er doch irgendwie den Kopf und schaute sich um. Zu sehen gab es allerdings nichts, er lag in einem Liegewagenabteil, neben ihm eine Frau in einem komischen, sehr offiziellen Kostüm, sie rauchte eine »Belomor« und blies ihm den Rauch einfach ins Gesicht, wovon ihm noch schlimmer übel wurde, obwohl, schlimmer ging es eigentlich gar nicht mehr. – Wo bin ich? – fragte er ohne Hoffnung auf eine befriedigende Antwort. – Mein Sohn, – sagte die Frau, – du bist in Mariupol, und ich bin heute deine Mutter. – Mutter, – wiederholte Iwan und verlor das Bewußtsein. Ein paar Stunden später kam er wieder zu sich, die Frau betrat das Abteil und legte auf dem Tischchen verschiedene Kompressen, Umschläge, Medizinfläschchen und andere Dinge ab, mit deren Hilfe sie den

Probanden wieder zum Leben erwecken wollte. – Wer sind Sie? – fragte Iwan wieder. – Mein Sohn, – sagte die Frau, – ich bin dein Hang-over, und von nun an wirst du tun, was ich dir sage. – Was heißt – von nun an? – fragte Iwan blöde nach. – Von nun an, – sagte die Frau, – das ist, seit ich dich den Zigeunern am Hauptbahnhof Mariupol abgekauft und hierhergebracht habe, auf den Güterbahnhof, wo du und ich offensichtlich die nächsten Tage verbringen werden. – Tante Eva, – Iwan verstand endlich und ließ sich ins Kissen zurücksinken. – Na-na, – sagte Tante Eva, alles wird gut, – sie nahm eine Kompresse und beugte sich über Iwan, ihre Haare rochen nach Medizin und trockenem Gras, sie berührte seine lederne Pilotenkappe, in der er schlief, und Iwan zog sie plötzlich an sich, zuerst schlug sie mit der nassen Kompresse nach ihm, gab dann aber unerwartet nach und warf die Kompresse auf die Liege gegenüber, Iwan wußte nicht einmal, was er mit ihr machen sollte, berührte nur mit den Händen ihr Gesicht und verschmierte Lippenstift und Wimperntusche, da aber faßte sie ihn an den Schultern, riß sein Hemd auf, na, und dann wälzten sie sich auch schon in den warmen Liegewagenlaken, er öffnete ihre Ösen und Schnallen, sie zerfetzte sein Hemd, er berührte mit den Lippen ihre Ohrringe, sie biß ihm in die Venen und ins Schlüsselbein, er schälte alles von ihr ab, was man abschälen konnte, sie leckte mit ihrer Zunge seine Mundhöhle aus, er drehte sie um und betrachtete sie von oben – sie hatte gefärbte dunkle Haare und einen Haufen Schmuck um den Hals, verschiedene Amulette, Perlenschnüre, Ketten und Bänder, verschiedene Ikönchen und satanistische Zeichen, lange und sorgfältig prüfte er das alles mit seinen Fingern, schaute und roch, bis sie es nicht mehr aushielt, ihn abwarf und einfach nur durchbumste, wie eine Frau das mit einem Mann unterwegs eben tut – also lange und leidenschaftlich.

– Was machen wir hier, Eva? – fragte er an diesem Augustabend, sie hatten sich in ihrem Abteil eingeschlossen, nur sie zwei im ganzen Waggon, sie lag auf ihm und brachte ihm bei, Belomor zu rauchen. – Wir warten auf Ware, – erklärte Eva. – Und wann kommt die? – Iwan hustete. – Weiß nicht, – antwortete Eva, – geh doch zum Stationsvorsteher, frag nach, vielleicht weiß der was. – Gut, – sagte Iwan, – in Ordnung, – nahm ihr die Papirossa aus der Hand, drückte sie vorsichtig aus und warf sich auf sie, um sie zu küssen.

Später trottete er lange zwischen den Güterwaggons umher, den Kessel- und Postwagen, überschritt die Gleise, zertrat das rote Bahnhofsgras bei dem Versuch, zum Gebäude zu gelangen, endlich sah er einen Schienenwärter, der ihm erklärte, wie er den Stationsvorsteher finden konnte. Der Stationsvorsteher war ein Workaholic, weshalb er auch auf dem Bahnhof übernachtete. Iwan fand sein Büro und klopfte. – Ich bin nicht angezogen, – schrie der Vorsteher. – Danke, – antwortete Iwan und trat ein. Der Vorsteher saß auf seinem Bett, in rosa Feinrippunterhosen und Offiziersmantel, den er statt eines Morgenrocks trug. – Wer bist du? – fragte er Iwan genervt. Iwan erklärte es umständlich. – Aha, – antwortete der Vorsteher, – alles klar, ich, – sagte er, – kenne deine Verwandten, sie haben mich früher einmal vor den Negern gerettet, sie haben was gut bei mir, – sagte er und zeigte Iwan den Bahnhof. Er ging vor, mit Eisenbahnermütze, chinesischen Turnschlappen und dem Offiziersmantel auf dem nackten Körper, Iwan in seiner Pilotenkappe folgte, dieses Business fing langsam an, ihm zu gefallen, noch dazu gefiel ihm Eva, noch dazu hatte sie ihm das Rauchen beigebracht, wenn das nicht der Anfang eines normalen Lebens war, vor ihm ging der Stationsvorsteher und erklärte – das, – sagte er, – ist Zucker, das – Pumpen, hier haben wir Erdöl, hier radioaktive Abfälle, Scheiße auch, keiner weiß davon, und die stehen schon fast zwei Monate rum bei uns, das hier sind Waggons des Verteidigungsministeriums, die warten, bis es Winter wird, dann wollen sie sie nach Rußland bringen und in den Kaukasus verkaufen, hier haben wir Ammoniak, hier auch Ammoniak, keine Sau braucht das Zeug, – erklärte er Iwan, – man hat es hergebracht und dagelassen, und ich soll es bewachen, weiter – hier ist Rigips, den werden wir nach Charkiw schicken, hier Werkzeugmaschinen, hier wieder Zucker, und da, schau – meine Lieblinge, – er führte Iwan zu einem ellenlangen Güterzug, dessen letzte Waggons sich in der blauen Augustluft verloren, weißt du, was das ist? Drogen. – Wie Drogen? – fragte Iwan ungläubig. – Ja, reine Drogen, – antwortete der Stationsvorsteher und schloß den obersten Knopf seines Mantels, – vierzig Waggons Drogen. – Wie das? – Iwan war verwirrt. – Also folgendermaßen, – erklärte der Stationsvorsteher, – sie tauchen als Baumwolle in den Büchern auf, die Zwischenhändler sind erschossen worden, und das Zeug steht schon über ein Jahr hier, kannst du dir das vorstellen? – Da piepste sein Funkgerät, der Vorsteher wurde ans Telefon gerufen, er drückte Iwan die Hand, sagte, er solle im Fall eines Falles ruhig bei ihm vorbeikommen und rannte zum Gebäude, dabei flatterten die Schöße seines Mantels. Iwan trieb sich noch eine Weile bei den Waggons mit den Drogen herum und kehrte dann zu Eva zurück.

So verging eine Woche. Die Fracht wurde einfach nicht angeliefert. Eva schrieb immer seltener an die Brüder. Iwan
verließ den Waggon kaum noch, sie lagen den ganzen Tag
auf den warmen Laken und liebten sich. Erst brachte Eva
ihm bei, nicht gleich zu kommen, dann brachte sie ihm bei,
zusammen mit ihr zu kommen, sie schlief als erste ein, und
Iwan betrachtete lange ihren Körper, sie war so alt wie seine
Mutter, nur sah sie besser aus und konnte ganz offensichtlich mehr, Iwan ließ ihre Kettchen aus Metall und Plastik
durch die Finger gleiten, spürte, wie die Silberringe in ihren
Ohren und an ihren Fingern bis zum Morgen kühl wurden,
beobachtete, wie der Lack auf ihren Nägeln abblätterte, sah
ihre Haare wachsen, sie wachte auf, und jetzt schlief er ein,
sie zog ihre offizielle Kleidung an, schminkte sich und gab
sich ein ziviles Aussehen, aber da wachte er auf, zog sie zu
sich ins Bett, und so ging es ohne Ende.

– Hast du Kinder? – fragte er sie. – Ich habe Bürgerpflichten, –
antwortete Eva und verbot ihm, sie über ihr Leben zu befra-
gen, sagte, sie wäre bei der Arbeit, drohte, wenn er sie weiter
belästige, dann würde sie den Brüdern schreiben und sich be-
schweren, daß er, Iwan, statt ritueller Dienstleistungen oralen
Sex mit ihr praktiziere. Iwan wurde verlegen, verstummte und
ging hinaus, wo er sich zwischen den Güterzügen herumtrieb.
Er schloß Bekanntschaft mit ein paar Gleisarbeitern, sie äu-
ßersten sich mit Respekt über ihren Stationsvorsteher, sagten,
der Kerl versteckt bereits über ein Jahr lang irgendwo vierzig Waggons usbekische Drogen und keiner weiß wo, einige
Gleisarbeiter vermuteten sogar, daß er es selbst nicht wisse,
worauf Iwan bedeutungsvoll schwieg. Abends setzten sie sich
vor die Waggons und rauchten Anascha. Iwan gefiel es, an

den endlosen Augustabenden die Güterzüge entlangzulaufen, die Markierungen zu entziffern und zu horchen, was sich darin befand. Manchmal schaute er beim Stationsvorsteher vorbei, das Büro des Vorstehers war mit Weinkisten vollgestellt, er entkorkte eine Flasche, und sie saßen bis in den Morgen hinein am offenen Fester, vor dem sich der Güterbahnhof mit hunderttausend Waggons erstreckte.

– Wirst du nicht schwanger? – fragte Iwan Eva. – Nicht von so einem Bastard, – sagte Eva, Iwan schmollte, sie aber faßte seine Hände und ließ ihn nicht gehen, sie blieben den ganzen Tag in ihrem Waggon und machten Liebe, eine würdige Beschäftigung für zwei sorglose Menschen im endlosen August auf einem gottvergessenen Güterbahnhof. – Ich bin jetzt fünfundvierzig, – erklärte sie, – noch ein paar Jahre und ich werde alt, und dann wird all dies – Make-up, Silber, Kleidung – viel mehr für mich bedeuten, ich werde mich dahinter verstecken, werde diesen Sachen immer mehr Bedeutung beimessen, jetzt ziehe ich mich aus für dich und trage keine Unterwäsche, wenn du mich darum bittest, ich laufe den ganzen Tag so rum und weiß, daß du die ganze Zeit daran denkst, aber später ist das vorbei, ältere Frauen entwickeln eine Bindung an Gegenstände, eine Abhängigkeit von Gewohnheiten, die, wenn man jünger ist, nett und sympathisch wirken, widersprich mir nicht, du hast keine Ahnung, weißt nicht einmal, mit welcher Zahnpasta ich mir die Zähne putze, wären wir uns ein paar Jahre später begegnet, dann wäre das alles nicht passiert, verstehst du, ich hätte dir einfach nicht erlaubt, mich auszuziehen, weil der Mensch, wenn er sich in einem bestimmten Alter auszieht, nicht einfach nur seine Kleider verliert, sondern auch sein

Leben. Und damit man es nicht endgültig verliert, erlaubt man niemandem, einen auszuziehen, so sehr man es sich auch wünscht, und obwohl das Leben weitergeht, verliert die Haut allmählich die Fähigkeit, auf fremde Berührungen zu reagieren, auf fremden Atem, jetzt verstehst du das natürlich nicht, es muß eine gewisse Zeit vergehen, und für mich wird das schmerzhafter sein als für dich. Was ist die Moral von der Geschicht? – wandte sie sich an ihn, aber er wußte nicht, was er darauf sagen sollte, also gab sie selbst die Antwort: – Was auch geschieht, versuche stets gleichzeitig mit ihr zu kommen, dann wird es vielleicht was mit euch.

Ende August kamen Grischa und Sawa, anfangs hatte Eva wenigstens noch ab und zu eine SMS geschickt, dann aber das Schreiben ganz eingestellt, nicht daß die Brüder sich Sorgen gemacht hätten, aber Tamara saß ihnen auf der Pelle, also packten sie und kamen im BMW, den sie Vater Lukitsch abgekauft hatten. Sie fanden ihren Freund, den Stationsvorsteher, der Vorsteher sagte, mit dem Kleinen ist alles in Ordnung, die Fracht aber ist immer noch nicht angekommen, und die Flachwaggons stehen leer herum, es wäre besser, sie wegzuschaffen aus diesem Sündenpfuhl, auch den Kleinen würde man besser wegzuschaffen aus diesem Sündenpfuhl, die Brüder wurden hellhörig und gingen ihre Flachwaggons suchen. Endlich fanden sie den Liegewagen, stiegen ein und liefen den Korridor entlang, stießen eine Abteiltür nach der anderen auf. Im dritten Abteil entdeckten sie Iwan, Eva lag auf ihm und rauchte eine Belomor. Grischa erstarrte in der Tür. Hinter seinem Nacken rückte Sawa auf, du Hurensau, rief er, du Schlampe, was hast du mit dem Kleinen gemacht, er packte Eva an den Haaren und zerrte sie zum Ausgang.

Iwan wollte sich auf ihn stürzen, aber Grischa schleuderte ihn zurück auf die Liege, los, Kleiner, – sagte er, – zieh dich an – wir fahren nach Hause. Iwan zog sich schnell an, Grischa überwachte ihn, schneller, drängte er, endlich hatte Iwan die Schuhe an und sprang aus dem Abteil. Grischa hinterher. Neben dem Waggon gab Sawa Eva gerade mit seinen Salamander-Schuhen den Rest, sie lag auf dem roten Eisenbahngras und schützte ihren Kopf mit den Händen, Sawa zielte aber gar nicht auf den Kopf, er trat sie hauptsächlich in den Bauch, was machst du? – kreischte Iwan, aber Grischa packte ihn am Hals, nur die Ruhe, Kleiner, – sagte er, schaute aber doch etwas erschrocken auf seinen Bruder, – nur die Ruhe, er weiß, was er tut, aber Grischa hatte so etwas offenbar selbst nicht erwartet. Sawa versetzte Eva noch einen letzten Tritt, dann beugte er sich hinunter und wischte mit Gras das Blut von seinen Schuhen. – So eine Hurensau, – sagte er, – die Salamanderschuhe waren ganz neu, hab sie an der Hurensau kaputtgetreten. – Iwan stand da und betrachtete die nackte, stöhnende, blutüberströmte Eva, bloß weg hier, – sagte Grischa, wir müssen abhauen, komm, – Sawa richtete seinen Blick auf Iwan, los, – sagte er, – wir fahren, – was wird aus ihr? – fragte Iwan, – wir fahren – wiederholte Sawa und ging in Richtung Bahnhof. Grischa zerrte Iwan hinter sich her. Am Bahnhof schoben sie Iwan in den BMW, grüßten den Stationsvorsteher mit der Hupe und fuhren in nördlicher Richtung davon. Iwan schaute aus dem Fenster, betrachtete die Wolken, die vom Meer kamen, die Lastwagen, die sie überholten, die Häuser und Passanten und dachte, daß sie vielleicht anderthalb Stunden so rasen würden, in nördlicher Richtung, und dann irgendwo anhalten, denn jede Reise braucht Unterbrechungen, und jeder Fahrer, egal wie zäh, muß irgendwann anhalten. Und je länger du unterwegs bist, um so länger werden die Unterbrechungen, bis du dann für immer anhältst und nicht mehr imstande bist weiterzufahren, nur eine kurze Strecke von dem Ort entfernt, an den zu wolltest, wo du so lange nicht gewesen bist und wo niemand, wirklich niemand auf dich wartet.

Besonderheiten des Schmuggels
von inneren Organen

Die Besonderheit der Beförderung von inneren Organen
(oder ihrer Teile) über die Staatsgrenze der Ukraine besteht in erster Linie darin, daß einzelne Paragraphen und
ganze Kapitel der von der Ukraine im Mai 1993 auf dem
Gesamteuropäischen Wirtschaftsgipfel in Brüssel unter-
zeichneten Erklärung zu Zollfragen in sich widersprüchlich
sind. Gemäß Paragraph fünf Kapitel eins der genannten
Erklärung müßte die Ukraine die Ausfuhr innerer Organe
in befreundete Länder stärker kontrollieren. Aufgrund einer der Gesetzesänderungen, die in einer außerordentlicher
Parlamentssitzung verabschiedet und vom Präsidenten des
Landes unterzeichnet wurden, bleibt jedoch unklar, welche
Länder als mit uns befreundet zu gelten haben. Hier sehen wir also den ersten Widerspruch. Wem von unseren
Nachbarn können wir vertrauensvoll die Hand zur wirtschaftlichen Zusammenarbeit reichen? Den Rumänen? An
einem warmem Augustmorgen tritt eine Gruppe rumäni-
scher Grenzsoldaten aus der Kaserne, am Tor wächst grauer
Beifuß, und der traurige, verschlafene Wachposten wischt
den Staub von seiner Lewis Gun, der Hauptmann geht vorneweg, hinter ihm zwei Rekruten, sie holen ihre Marschver-
pflegung heraus, kauen Mamaliga oder irgendwelche anderen rumänischen Nationalgerichte, der eine Rekrut holt aus
seinem grünen Tornister eine Literflasche Wein und setzt
sie an den Mund, reicht sie dann dem Hauptmann weiter,

der Hauptmann trinkt ebenfalls, runzelt die Stirn und läßt seinen Blick über die Wiesen schweifen, die unter blauem Morgennebel liegen, schaut irgendwohin, nach Osten, von wo jeden Morgen Reiher geflogen kommen, um im Schilf wehrlose rumänische Fische zu fangen. Die Grenzsoldaten gehen schweigend, sie trinken auch schweigend, nur ab und zu schrecken sie einen zufälligen Vogel vom Brutplatz auf, der dann kreischend in den Nebel fliegt, die Rekruten zukken zusammen, der Hauptmann schnalzt nur verächtlich mit der Zunge: was für Arschlöcher, was für ein Nebel, was für ein Leben; dort, wo der Fluß sich verengt, klettern sie hinunter ans Ufer und kämpfen sich jetzt durch das Schilf, auf von Kühen getrampelten Pfaden, der Hauptmann vorneweg, hinter ihm der Rekrut mit der Mamaliga, als letzter geht der Rekrut mit dem Wein, den er übrigens schon fast ausgetrunken hat. Halt, sagt plötzlich leise der Hauptmann, und die Rekruten nehmen wachsam die Gewehre von der Schulter, da ist es – er zeigt auf das große schwarze Rohr, das im dichten Nebel liegt und fast ganz darin verschwindet. Der Hauptmann nähert sich dem Rohr, geht in die Hocke und zieht aus seiner Kartentasche ein Paket Stabsunterlagen. Die Rekruten beziehen zu beiden Seiten Position, Gewehr bei Fuß, der eine ißt seine Mamaliga auf, der andere muß mal, aber er ist auf Posten, da läßt ihn natürlich keiner. Der Hauptmann öffnet das Paket, studiert lange ein Blatt Papier mit der Skizze der Ölpipeline, schließlich tritt er an das Rohr, findet den richtigen Hahn und dreht ihn beherzt zu. Das war's, sagt der Hauptmann, während er irgendwohin gen Osten blickt, Scheiß auf eure Reversion, sagt er, und alle kehren in die Kaserne zurück.

Was weiter? Der junge Ungar, der heute vielleicht zum ersten Mal Wache schiebt, wird jedesmal verlegen, wenn die Trukker ihn ansprechen; er versteht, daß sie die Grenze mehrmals pro Woche passieren, und er ist noch ein richtiger Rotzlöffel, weiß eigentlich noch gar nichts von der Grenze, weiß eigentlich auch noch gar nichts von Leben und Tod, Liebe und Verrat, von Sex weiß er übrigens auch eigentlich nichts, nicht mal richtig wichsen kann er, deswegen wird er besonders verlegen, wenn Frauen ihn ansprechen, dann errötet er tief und wechselt vom Russischen ins Englische, das aber keine der Frauen spricht, und davon wird er noch verlegener. Der alte Korporal, heute Chef der Wache, ist schon in der Nacht verschwunden, schaut wohl wieder Satellitenfernsehen – Pornos oder Baseball, in Amerika wird gerade Baseball gespielt; und er muß hier in der Bude stehen und mit diesen Frauen reden, die nach Leben und Schnaps riechen, muß mit ihnen in gebrochenem Englisch oder gebrochenem Russisch reden, sich ihr durch das Leben und den Schnaps gebrochenes Ukrainisch anhören, ihnen die Vorschriften für die Einfuhr von inneren Organen und alkoholischen Erzeugnissen erklären, ihnen den überschüssigen Alkohol wegnehmen, elektrische Geräte und Schokolade, Sprengstoff und Handgranaten, Hustler-Hefte für den Korporal, und für die ungarische Wirtschaft Spiritus, Äther, Kokain, Räucherstäbchen mit Haschisch-Aroma, Thai-Massage-Öle mit Heroin-Extrakt, Hämorrhoiden-Zäpfchen mit Hanfextrakt, Zigeunerinnen-Haar in Gläsern, Fisch- und Menschenblut in Thermoskannen, tiefgefrorenes Sperma in Kenzo-Parfümfläschchen, graue Gehirnmasse in Fleischsalatpackungen, heiße ukrainische Herzen, eingewickelt in frische russischsprachige Zeitungen, alles, was sie in ihren Rucksäcken und karierten Taschen einschmuggeln wollen, in Aktenkoffern aus Kunstleder oder in Notebook-Hüllen; traurig betrachtet er die Notebook-Hüllen, vollgestopft mit Speck und Kondomen, verwirrt schaut er auf die weißen überdimensionalen Büstenhalter aus Tuch, aus dem sonst Segel und Matrosenkleider gefertigt werden; als es Morgen geworden ist, kommt eine Frau zu ihm, um die Vierzig, aber man würde sie nie auf Vierzig schätzen, diese ukrainischen Frauen sehen nie so alt aus, wie sie sind, also auch wenn man weiß, daß sie Vierzig ist, würde man sie nie auf Vierzig schätzen, auch sie riecht nach einem langen Leben und nach warmem hochwertigem Schnaps, und sie sagt: laß mich durch, ich hab's eilig – mein Sohn liegt im Krankenhaus, und ihre Lippen sind so extrem mit dunkelrotem Lippenstift beschmiert, daß es bei dem Ungarn plötzlich klick macht; stop, sagt er zu sich selbst, stop, was für ein Sohn, was für ein Krankenhaus, irgendwas macht ihn mißtrauisch, vielleicht, daß sie starke Männerpapirossy raucht, vielleicht auch daß es in der Nähe gar kein Krankenhaus gibt, also sagt er ihr – Sekundotschka, und rennt zum Korporal, der Korporal kriegt gerade noch rechtzeitig seinen Reißverschluß zu, sauwütend, aber er läßt sein Baseball im Stich und kommt mit zum Stellplatz für die Pkw, sieht die Rostlaube, mit der sich die Frau mit den dunkelroten Spuren von Blut und Schminke auf den Lippen hierhergeschleppt hat, und blickt sofort durch: er ruft zwei Automechaniker, die montieren die Kotflügel ab und finden dort ein ganzes Depot – Zigarettenstangen, einen Haufen illegalen Tabak, Diamanten, Gold und Wertpapiere, beflügelt durch diesen ersten Erfolg steigen sie ein und montieren den Rücksitz ab, dort finden sie, logo, den Rest der Schmuggelware, dann zerlegen sie noch die Türen und die Instrumententafel und überhaupt die ganze Rostlaube, soweit das im Feld möglich ist, finden aber nichts mehr und verschwinden im Hochgefühl redlich getaner Arbeit, die Frau setzt sich schicksalsergeben auf den kalten Bordstein und betrachtet den jungen Ungarn, und in ihrem Blick ist eine so seltsame Mischung von Haß und Zärtlichkeit, daß der Kerl zu ihr kommt und nach einer Zigarette fragt, sie lacht nervös, zeigt auf den Haufen beschlagnahmten Tabak, gibt ihm dann aber eine ihrer starken Männerpapirossy; so sitzen sie, glücklich und erschöpft, sie, weil sie im dritten Monat schwanger ist, er wegen seiner ersten unwillkürlichen Ejakulation.

Ach ja, und das noch. Drei Polen versuchen schon seit über einer Stunde, die ukrainische Prostituierte loszuwerden, die ihrerseits hartnäckig versucht, die Grenze zu passieren. Hör mal, sagen sie, was für eine Jagiellonen-Universität? Das ist jetzt schon das dritte Mal in diesem Jahr, daß wir dich durchlassen sollen, von den anderen Schichten ganz zu schweigen, fahr nach Hause, wir wollen keine Unannehmlichkeiten, sie aber sagt – stop, ihr wollt keine Unannehmlichkeiten, ich will nicht nach Hause, laßt uns die Frage liebevoll regeln, wie es bei uns an der Jagiellonen-Universität üblich ist, ich werde so oder so nicht nach Hause fahren, andererseits kennt ihr mich, also kein Grund zur Sorge, habt ihr Kondome? Irgendwie willigen sie ein, irgendwie bringen sie es nicht über sich, Widerstand zu leisten, es ist Nacht, die ruhigste Zeit, es wird sie bestimmt niemand erwischen, bis morgen früh haben sie jedenfalls Ruhe, zumal – Kondome gibt es genug! Die Frau zieht sich aus, sie dagegen lassen sich Zeit damit, richten sich irgendwie ein auf dem Sofa für das Personal, zu dritt, plus sie natürlich, bauen eine merkwürdige Konstruktion, in deren Mitte sie als Herz schlägt, und gerade kommen sie in Fahrt, gerade hat sich die Frau an den Geschmack der Kondome und an ihre etwas unrhythmischen Bewegungen gewöhnt, da explodiert draußen etwas, eine Granate, so daß die Scheiben zersplittern und im Schein der Lampen Staub aufwirbelt; da fällt ihnen plötzlich die Kolonne aus Zigeunerbussen ein, vollgestopft mit japanischen – wie die Zigeuner behaupten – Fernsehgeräten ohne Bildröhren, sie erinnern sich plötzlich, was für böse Blicke die Zigeuner, die sie hier bereits seit drei Tagen schmoren lassen, ihnen gestern abend zugeworfen haben, verstehen plötzlich den Sinn der unverständlichen Flüche und offiziellen Einsprüche, die die Zigeuner in Richtung lieber Gott und polnische Regierung geschrien haben; hastig ziehen sie sich also aus ihr heraus, der letzte besonders hastig und schmerzhaft, sie schreit auf, aber niemand beachtet sie mehr – die Polen laufen auf die Straße und versuchen dabei, ihre Kleider in Ordnung zu bringen, die Frau läuft ihnen nach, und die erste beste Kugel zerschmettert ihr rechtes Knie, sie fällt auf den Asphalt, auf den kalten polnischen Asphalt, der so frisch und so unwirtlich ist, einige Stunden später wird sie von ukrainischen Ärzten abgeholt, einige Monate später fängt sie an zu laufen – erst an Krücken, dann – ihr ganzes Leben lang – am Stock, ohne es je in ein echtes westliches Bordell geschafft zu haben, von der Jagiellonen-Universität ganz zu schweigen.

Dein ganzes Leben ist ein Kampf gegen das System. Wobei du, Scheiße auch, zwar mit ihm kämpfst, das System dich aber gar nicht bemerkt. Sobald du es auf der Straße anhältst und ihm alles ins Gesicht sagen willst, was du denkst, dreht es sich demonstrativ weg und fragt einen zufälligen Passanten nach der Uhrzeit, dein ganzes Pathos läuft damit ins Leere, und du bleibst allein mit deiner Empörung. Warum errichten sie Wälle und Verteidigungsanlagen vor mir, warum machen sie es mir unmöglich, mit ihnen zu kommunizieren, wozu brauchen sie meine Verzweiflung, verschafft ihnen das wirklich Befriedigung? Entsetzliche mittelalterliche Prozessionen, grausame Schmugglerseelen, Haß und Verzweiflung der Kuriere und Karawanenführer, die versuchen, durch die uneinnehmbaren Grenzmauern zu brechen mit ihrem ganzen illegalen Zeug, ihrem ganzen illegalen Business, sie verstehen nicht, wieso sich in der warmen Augustweite solche Abgründe auftun, wer ihre Karawanen in reine und unreine aufgeteilt hat, ihre Seelen in fromme und sündige und, schließlich und endlich, ihre Visa in gefälschte und in echte Schengen-Visa?

Da fällt mir folgende Geschichte ein. Einer meiner Kommilitonen hatte sich verliebt, was ihm im Prinzip nicht oft passierte. Seine Freundin war Philologin, studierte Fremdsprachen, eine richtige Schlampe war sie, er aber wollte das nicht wahrhaben, mit einem Wort, er hatte sich verliebt. Da beschloß sie plötzlich, Schlampe eben, zu einem Sprachkurs nach Berlin zu fahren. Er brachte sie zum Bahnhof, versprach lange und leidenschaftlich, ihr treu zu bleiben, sie hörte gar nicht richtig hin, küßte ihn zum Abschied traurig und fuhr ab. Aus Verzweiflung fing er an zu saufen. Einen Monat später erzählte ihm jemand, daß sie in Berlin geheiratet hätte – verließ ihre heimatliche Universität, pfiff auf den Sprachkurs, suchte sich einen Italiener und heiratete ihn. Wonach er, wie sag ich das am besten – intensiver soff, einen ganzen Monat lang, die Prüfungen setzte er in den

Sand, riß sich dann aber plötzlich zusammen und ging zur Paßstelle. Laß das, sagte ich ihm, wohin willst du denn fahren, die Schlampe wird dich abblitzen lassen, er hörte aber nicht, sagte, daß ich sie nicht so nennen soll, sagte, daß er sie verstehen kann, was hätte sie denn machen sollen, erklärte er, sie ist halt eine unglückliche und verletzliche Frau, die die Trennung nicht ertragen hat, eine Schlampe ist sie, redete ich weiter auf ihn ein, aber er wollte nichts davon hören. Im August bekam er seinen Reisepaß und fuhr nach Polen.

Etwas ist passiert, etwas Furchtbares und Unvermeidliches, etwas hat sie dazu gebracht, untreu zu werden, dachte er, während er an der polnischen Grenze stand und im Morgengrauen eines Augusttages auf eine Kolonne von Zigeunerbussen starrte, vollgestopft mit kaputten vietnamesischen Fernsehgeräten, auf einen Rettungswagen, der in der Dunkelheit hell wie eine große Muschel auf dem Meeresgrund leuchtete, auf drei bestürzte polnische Zöllner, die eine Studentin der Jagiellonen-Universität in den Rettungswagen schoben, irgendwas ist passiert, ganz klar, aber man kann noch alles richten, alles kann noch werden, alles wird gut. Was er nicht wußte war, daß nichts jemals gerichtet werden kann.

In Chelm kaufte er bei den Zigeunern ein Schengen-Visum. Die Zigeuner feilschten lange, wollten ihm eine Partie Fernseher andrehen, wollten ihm eine weißrussische Prostituierte andrehen, ließen sie sogar aus dem Bus steigen und zeigten sie, schau doch, was für eine Schönheit, sagten sie, der Prostituierten fehlte ein Vorderzahn, sie war besoffen und aufgedreht, schrie die ganze Zeit und störte das Geschäft, aber die

Zigeuner blieben stur, mein Kommilitone wollte sie schon fast kaufen, da fing die Prostituierte an, laut zu schreien, und die genervten Zigeuner jagten sie in den Bus, kamen zurück und verkauften ihm das Schengen-Visum für einen Zwanziger. Man kann noch alles richten, dachte er, man kann noch alles richten. Die Polen ließen ihn nicht raus, nahmen ihn fest, beschuldigten ihn der Urkundenfälschung und schoben ihn nach Hause ab. Zu Hause angekommen, ging er wieder zur Paßstelle. – Ich möchte Auswanderungspapiere, – sagte er, – jüdische Emigration. – Sind Sie Jude? – frage man ihn. – Ja, – antwortete er. – Und Ihr Nachname lautet Bondarenko? – in der Paßstelle blieb man skeptisch. – Ja, – er bestand hartnäckig auf seiner Version. – Meine Eltern kommen aus Winnyzja, sie sind Mißgeburten. – Mischlinge, – verbesserte man ihn. – Also was ist mit auswandern? – fragte er nochmals. – Wissen Sie, sagte man ihm, wenn da nicht Ihr Name wäre, könnten wir uns vielleicht noch was einfallen lassen, aber jüdische Emigration mit so einem Namen?

Soll ich denn, dachte er verzweifelt, als er im August durch Charkiw ging, wegen dieses verflixten Namens mein ganzes Leben lang leiden, soll ich hier verrecken mit diesem Namen, werde ich mich bis an mein Lebensende an sie erinnern, an ihre warme Haut, an ihre schwarze Unterwäsche – nachdem ihm die Unterwäsche eingefallen war, setzte er sich in den Zug und fuhr nach Polen. Nachdem er die polnische Grenze passiert hatte, suchte er in Chelm die Zigeuner auf und wollte wieder ein Schengen-Visum bei ihnen kaufen. Die Zigeuner zögerten. Hör mal, – sagten sie, – du mußt offensichtlich wirklich dringend nach Berlin, also schlagen wir folgendes vor – kauf uns die Prostituierte ab. – Verpißt euch mit eurer

Nutte, – seine Verzweiflung war grenzenlos, – wozu brauche ich die alte Kuh?! – Was heißt hier alte Kuh? – die Prostituierte fühlte sich plötzlich beleidigt und fing an zu schreien, aber die Zigeuner jagten sie schnell in den Bus und versperrten die Tür mit einem großen Vorhängeschloß. – Hör zu, – sagte sie ihm, – du raffst das nicht – wir verkaufen sie dir nicht einfach so, wir verheiraten euch, provisorisch, versteht sich, nebenbei werden wir uns auf eurer Hochzeit amüsieren, dann tragen wir euch als jüdische Familie aus Witebsk ein, ihr kommt über die Grenze, in Bundes hilfst du ihr, die Partie japanischer Fernseher ohne Bildröhren zu verticken und läßt dich scheiden. Du mußt doch nach Berlin? – Muß ich, – sagte er traurig. – Also, was ist dann das Problem? – wunderten sich die Zigeuner und fielen in ihren alten Singsang zurück, – schau nur, was für eine Schönheit, – wobei sie ängstlich auf den Bus schielten, in dem die weißrussische Prostituierte bedrohliche Schreie ausstieß. – Okay, – willigte er endlich ein, – hat sie wenigstens einen jüdischen Namen? – Hat sie, – beschwichtigten ihn die Zigeuner, – sie hat einen wunderbaren jüdischen Namen – sie heißt Angela Iwanowa, nach ihrem ersten Ehemann.

Die Polen ließen sie nicht raus. Sie hielten den Bus an, fanden im Fahrgastraum einen Haufen kaputter vietnamesischer Fernsehgeräte ohne Bildröhren, unter einem Fernseher fanden sie meinen schläfrigen Kommilitonen, der nach der Hochzeit noch nicht wieder voll bei Sinnen war, er blickte aus dem Fernsehgerät wie ein Nachrichtensprecher, und in seinen Nachrichten ging es darum, daß unsere Welt am Abgrund steht, daß wir uns immer stärker in ihrem Morast und in ihren Schlingen verfangen, uns immer weiter voneinander entfernen und jegliche Verbindung zueinander verlieren, wir verschwinden im endlosen Weltall, wir verpfuschen uns selbst das Leben, die Gesundheit und die Nerven und bringen uns selbst um Glauben und Hoffnung, kurz gesagt, die Nachrichten waren alarmierend. Die weißrussische Nutte fand man bezeichnenderweise nicht im Bus, niemand wußte, wohin sie verschwunden war, nicht einmal die Zigeuner in Chelm wußten es, obwohl die doch sonst alles wußten. Mein Kommilitone mußte also allein für alles geradestehen. Man legte ihm die wiederholte Nutzung gefälschter Papiere und gesetzwidrigen Handel mit vietnamesischen Fernsehern ohne Bildröhren und Lizenz zur Last, nachweisen aber konnte man ihm nur das Lenken eines Fahrzeugs in alkoholisiertem Zustand. Im Gefängnis ließ er sich auf der rechten Schulter eine Tätowierung machen – ein trauriges Frauengesicht mit langem lockigem Haar. Die tätowierte Stelle blutete. Ein Arzt wurde gerufen. Der betrachtete die Tätowierung angeekelt. Nach einigen Monaten wurde mein Kommilitone freigelassen. Er kehrte nach Chelm zurück, suchte die Zigeuner und blieb bei ihnen, geklaute Autos an die Russen verticken. Seine ehemalige Freundin, auch das ist typisch, ließ sich bald scheiden, besser gesagt, sie ließ sich nicht einmal scheiden, ihr Italiener wurde nach einem Fußballspiel von Skinheads verprügelt, sie schlugen ihm den Schädel mit einem Stahlrohr ein, und er starb, ohne daß er noch einmal zu Bewußtsein gekommen war. Allein mit ihrem Kind beschloß sie, das Sprachstudium aufzugeben, und suchte sich eine Stelle in einem türkischen Fast food am Alexanderplatz. Die Türken nahmen sie gern – im Unterschied zu ihnen war sie der Sprache mächtig. Meinen Kommilitonen hat sie, soweit ich weiß, nie wiedergesehen.

Was ist charakteristisch für eine Liebesgeschichte? Vielleicht die Tatsache, daß der Mensch, wenn er wirklich verliebt ist, keine Hilfe von außen braucht. Er braucht überhaupt keine günstigen Umstände, keine fremde Hilfe, es ist ihm egal, wie es um die Welt bestellt ist, wie sich die Ereignisse um ihn herum entwickeln, wie wohlwollend ihm die Heiligen gesinnt und wie günstig Sterne und Planeten aufgestellt sind; ein verliebter Mensch ist erfüllt von seiner Leidenschaft, er läßt sich ausschließlich von seinem subkutanen Wahn leiten, von seinem Herz, seiner Seele und seinen inneren Organen, sie lassen ihm keine Ruhe, keine Rast, sie zermürben ihn mit tagtäglicher unendlicher Passion – tief wie ein Brunnen, schwarz wie frisches Erdöl, süß wie der Tod im Schlaf um fünf Uhr morgens in einem alten VW an der polnisch-deutschen Grenze.

Laß den Priester nur reden,
das Lustigste kommt zum Schluß

Also, verehrte Hörer, Fernsehzuschauer, erfahrene Abonnenten, wie angekündigt bleibt unser Haus seinen Traditionen treu und ist für Sie da an diesem langen Sommerabend, in dieser halb leeren, halb toten Stadt, in der Sie das Glück haben festzusitzen, die Lichter sind entzündet, die Platten aufgelegt, und alle Mitarbeiter – vom jüngsten Boten bis zur erfahrensten Nutte – sitzen unter den schweren, trägen Ventilatoren, die an der Decke ihre Flügel drehen, sie sitzen und erleben gemeinsam mit Ihnen diese süße, erregende Vorahnung von Fest und Abenteuer, das in den alten Bordellen und Spelunken dieser Stadt lauert; ein breitgefächertes Angebot an Freuden und Depressiva für alle, die bis zum Wochenende durchgehalten und dabei ihren Humor nicht verloren haben, denn Humor, verehrte Zuschauer, brauchen Sie in diesen Fluren und Speichern, wo Haß und Unsicherheit fast ganz verschwunden sind, wo diese Gefühle schon lange erfolgreich durch die Sozialversicherung ersetzt wurden, ohne Humor halten Sie einfach nicht bis zum Ende der Vorstellung durch, für die Sie ja übrigens sauer verdientes Geld bezahlt haben, ohne Humor ist hier überhaupt nichts zu machen, in diesem gemütlichen Saal, wo sich Ihnen in den nächsten paar Stunden eine Geschichte von unerhörter Leidenschaft und nie gesehenem Verrat darbieten wird, wo Ihnen die toten Körper der Liebenden vor die Füße fallen und der ehrliche Schweiß und das heiße Blut der Statisten so natürlich vergossen werden, daß Sie alles andere auf der Welt vergessen, Ihre eigene Skepsis werden Sie vergessen und den Preis der Eintrittskarten, der ja übrigens gar nicht so hoch ist angesichts des flimmernden Wahnsinns, der jetzt gleich auf Ihre Köpfe niedergehen wird, nehmen Sie also Ihre Plätze ein, setzen Sie sich und schauen Sie, denn in dieser Stadt und zu dieser Zeit haben Sie nicht viele Alternativen, am besten also hinsetzen und schauen, in der festen Überzeugung, daß es dieses eine Mal wirklich kein Nepp ist.

Normalerweise sitzen wir hier, bis man uns rausschmeißt, und rauszuschmeißen beginnt man uns, kaum daß wir aufgetaucht sind, niemand glaubt, daß wir ruhig dasitzen werden, ohne Gläser zu zerschlagen und die Stammgäste zu provozieren. Unter anderem, weil wir selbst Stammgäste sind, außerdem sind wir viele – Stammgäste der ganzen Bars, Imbisse, Bierkeller, Buffets und Fast foods, ich beobachte die Gäste dieser Etablissements schon so viele Jahre, daß ich als Zeuge vor Gericht auftreten könnte, wo man sie der Unzucht und der Völlerei beschuldigt. In so einem Fall könnte ich bei allen Heiligen schwören und noch dazu unangreifbare schriftliche Beweise vorlegen, daß im Verlauf mehrerer Jahre vor meinen Augen ein Prozeß des Heranwachsens, der Mannwerdung und vor allem – ein Prozeß der Erleuchtung meiner Helden stattgefunden hat, auch wenn Außenstehende es eher für ganz gewöhnliche Alkoholexzesse halten mögen. Auf solche Anschuldigungen kann ich allen Heiligen antworten – verehrte Hörer, Fernsehzuschauer, erfahrene Abonnenten, vielleicht haben Sie zum Teil sogar recht, vielleicht ist der Alkoholismus, wie auch die Erleuchtung, ein nichtlinearer Prozeß voll unbegreiflicher innerer Bewegung und Dynamik, aber selbst wenn dem so ist – versuchen Sie, sich eine Orgie vorstellen, die fünfzehn Jahre ununterbrochen andauert und dabei an Schwung, Kraft und Dramatik gewinnt, versuchen Sie, sich das vorzustellen, und sollte Ihnen das gelingen, aber es wird Ihnen nicht gelingen, dann würde ich Ihre Vorwürfe gegen die Stammgäste der Bars und Fast foods meiner Stadt gelten lassen. Aber da es Ihnen nicht gelingen wird, erlauben Sie mir, eben von der Mannwerdung und der Erleuchtung zu sprechen, verehrte Abonnenten mit Erfahrung. Denn die Erleuchtung, selbst wenn sie von depressiver Katerstimmung begleitet wird, hat ihre Stammgäste verdient. Und mehr als das.

Ganz bewußt spreche ich gerade von ihnen, denn sie kenne ich am besten, vor vielen Jahren habe ich mit ihnen diese Bars und Fast foods zum ersten Mal betreten, und so begann das Leben. Seitdem haben sich höchstens die Preise für alkoholische Getränke geändert, die Hauptpersonen, die Stammgäste, sind ihren Rollen treu geblieben, jeder an seinem Platz, deswegen kann ich auch so unmittelbar über sie sprechen, mit Pathos, Wärme und tiefem Haß. Ich habe gesagt, daß sich die Preise für alkoholische Getränke geändert haben, aber wie anders sind sie eigentlich, wer weiß das schon? Ehrlich gesagt niemand, die handelnden Personen sind in diesem Fall viel interessanter als der soziale Hintergrund, und ihre Improvisationen – und im Grunde war alles Improvisation – sind wichtiger als die bemalten Kulissen in ihrem Rücken. Hier ist es – ein großes, reales Stück Zeit, das hinter ihnen liegt, abgenagt bis auf die Knochen, und je weiter sie sich davon entfernten, desto riesiger erschien diese Leiche, dieser Kadaver der von ihnen erlegten und zerrissenen Zeit, sie haben ihn überlebt, hatten mehr Glück, nicht alle, aber die meisten von ihnen, hier sind sie – meine dreißigjährigen Helden, sie verbinden ihre Wunden, lecken ihre Syphilis, schnitzen Kerben in ihre Gewehrkolben, während sie sich schon auf neue Ruhmestaten und erfolgreiche Vorstöße an den Teilabschnitten der unsichtbaren Front vorbereiten. Daher, verehrte Fernsehzuschauer, vom jüngsten Boten bis zur erfahrensten Nutte, erheben Sie sich und ehren Sie mit einer Minute Ihres verfuckten Schweigens jene, die warum auch immer das Ende der Vorstellung nicht mehr erleben, erheben Sie sich, denn solche Stammgäste zu bedienen ist ein großes berufliches Glück, später einmal, im Alter, sollte Ihnen ein Alter vergönnt sein, sollten Sie es schaffen, es sich von all Ihren Heiligen zu erbitten, werden Sie sich an die jungen mutigen Gesichter erinnern, die süßen trunkenen Einsichten, die Schadenfreude und umfassende Vergebung, mit denen die Stammgäste Ihr freudloses und starres Leben bereichert haben. Sie werden sich erinnern, wie sie das Leben an den Eiern packten und alles, was sie wollten, aus ihm herausschüttelten, alle Scheiße herausprügelten, alles überflüssige Blut abließen, wie sie – diese betrunkenen dreißigjährigen Kapitäne, Bootsmänner und Matrosen – das Schiff des Lebens direkt auf Riffe und Unterwasserfelsen zusteuerten, im festen Glauben an die Riffe und daran, daß sie letztlich nicht untergehen würden. Kein Grund, an der Wahrhaftigkeit dessen, was Sie gesehen haben, zu zweifeln. Ich weiß, wer zuerst an der Wahrhaftigkeit dessen, was er gesehen hat, zweifelt; meistens Leute, die im Bildungssystem arbeiten. Oder Personen aus dem gesellschaftlichen Bereich. Die also wegen ihrer Berufstätigkeit keine Stammgäste sein können. Ich weiß nicht, was ich Ihnen antworten soll. Gespräche nach dem Frage-Antwort-Prinzip haben sich Leute einfallen lassen, die im Bildungssystem arbeiten, weil sie nämlich so den Erziehungsprozeß besser kontrollieren können. Und hier kann es einfach keine Berührungspunkte geben, denn der Erziehungsprozeß, im Gegensatz zum Prozeß der Erleuchtung, ist ja ein linearer Prozeß, und diese Linearität erschlägt einen. Man kann mir vorwerfen, daß ich keine Lust habe, Antworten auf direkte Fragen zu geben, man kann natürlich sagen, daß das nicht wirklich moralisch ist. Okay, verehrte Abonnenten, wie aber soll man mit einem Menschen über Moral sprechen, der jeden Tag Zeitung liest, Seite für Seite, Seite für Seite, und am Ende auch noch versucht, das Kreuzworträtsel zu lösen. Nicht mit mir, liebe Mitarbeiter des Bildungssystems, nicht mit mir, auch wenn sich das negativ auf die Auflage auswirkt.

Die Kinder mit ihrem Klebstoff, die Professoren von der Technischen Universität, die hier den besten Teil des Semesters verbringen, die Frauen, die hier sterben, anstatt zu Hause zu sterben, die Taxifahrer, die rauchen, um nicht zu trinken, die Kriegshelden, die ihre Waffen verpfänden, die Taschendiebe, die hierherkommen, obwohl sie wissen, daß hier nichts zu holen ist, die Studenten, die ihre Professoren hinaus und ins Auditorium tragen, damit die Prüfungen stattfinden können, die Touristen, die aus Versehen hierhergeraten und nicht mehr wegwollen, die Spekulanten, die als erste in den Himmel kommen, damit es keinen Skandal gibt, die ganzen Straßenkriminellen, die wie kein anderer spüren, wo es am stärksten nach Leben riecht – sie haben große Lebenserfahrung, weil sie ein Geheimnis kennen, und dieses Geheimnis besteht darin, daß sie auf das Leben verzichten können, das Leben aber nicht auf sie.

Wenn Sie, verehrte Hörer und Fernsehzuschauer, bis jetzt durchgehalten haben, hier ein Beispiel. Die Sache ist die, daß Sie das meiste, was Ihnen angeboten wird, in Wirklichkeit gar nicht interessiert. Außerdem bietet Ihnen in den meisten Fällen überhaupt niemand etwas an. Deshalb gibt es auch nichts zu bedauern. Und als Beispiel führe ich hier eine unglaublich lyrische Geschichte an, auf die man eigentlich auch verzichten könnte.

Ich arbeite viel zuviel, erzählte mir Gabriel, viel zuviel. Meine Frau hat sich sogar von mir getrennt deswegen, ich hatte sie im Schlaf mit technischen Begriffen angeredet. Aber ich bedaure nichts. Ich kenne mein Fach in- und auswendig. Wenn ich könnte, ich würde den Krieg der Sterne drehen. Weil ich aber nicht kann, drehe ich den Polizeibericht. Gabriel arbeitete als Kameramann beim staatlichen Fernsehen. Außerdem nahm er private Aufträge an, er filmte sogar Hochzeiten, glaube ich, wobei er das weniger der Knete als der Liebe zur Kunst wegen machte. Manchmal wurde er geschickt, ein Fußballspiel zu filmen oder die aus den Charkiwer Flüssen gezogenen Leichen oder Pressekonferenzen des Bürgermeisters oder anderen Mist, wie er im Überfluß die Bildschirme füllt. Bürgermeister und Leichen kamen bei Gabriel sehr plastisch und überzeugend rüber, wofür seine Chefs ihn schätzten und die Kollegen ihn bewunderten, soweit das in unseren Zeiten überhaupt möglich ist. Aber nicht der Bürgermeister und nicht einmal die Leichen konnten seinen künstlerischen Ehrgeiz voll befriedigen, und das war verständlich. Denn vom ersten Tag an, kaum daß er eine Kamera angefaßt hatte, wollte er Filme drehen, und weder der Bürgermeister noch die Leichen konnten da genügen. Er hatte Hunderte von Freunden in der ganzen Stadt, in der Kantine von Gosprom konnte er seine Getränke anschreiben lassen, er kannte alle, vom Bürgermeister bis zu den Spielern von »Metallist«, die bei ihm nicht weniger plastisch rüberkamen als die Leichen, wenn auch nicht ganz so überzeugend.

Eines Tages also schlug ihm unser gemeinsamer Bekannter Valunja, der auch einmal beim Fernsehen angefangen hatte, eine ziemlich komische Sache vor. Ich, sagte er, arbeite jetzt in der Stadtverwaltung, im Bereich Öffentlichkeitsarbeit, und an uns, sagte er, hat sich eine italienische Hilfsorganisation gewandt. Die Italiener bekämpfen bei sich gerade die ukrainische Prostitution. Aber ohne Erfolg, verstehst du? Also haben sie uns um Hilfe gebeten. Wir haben schon ein Seminar organisiert, haben ihre Broschüre darüber, wie man in italienische Bordelle kommt, übersetzt und kostenlos verteilt – übrigens sehr gefragt, die Broschüre – aber egal. Nicht egal ist, daß sie einen Film drehen wollen! Wie, einen Film? – fragte Gabriel zweifelnd. Ja, sagte Valunja, einen Film, *gender* und so, Kampf gegen die ukrainische Prostitution. Jedenfalls müssen wir reden.

Sie trafen sich also am nächsten Tag im Buffet der Stadtverwaltung, nahmen aus Gründen der Konspiration Milch und setzten sich in eine Ecke. Valunja gab sich geschäftsmäßig und konzentriert. Ich habe, sagte er und trank einen Schluck, gleich an dich gedacht, verstehst du, sie nehmen alles, Hauptsache es geht um den Kampf gegen Prostitution. Was schlägst du vor? – fragte Gabriel und schob seine Milch zur Seite. Ich hab hier was entworfen, raunte Valunja, also es ist nur eine Skizze, das ungefähre Drehbuch, – er beugte sich zu Gabriel und begann zu erzählen. Ich habe die Wettbewerbsbedingungen gelesen, die zwei wichtigsten Anforderungen sind – daß es um *gender* geht und nationale Spezifik drin ist. Hab lange nachgedacht. Also ich denke, wir können einen Porno machen. Hab alles berücksichtigt und folgendes Drehbuch entworfen, – Valunja holte ein paar bedruckte Blätter aus der Tasche, schob seine Milch ebenfalls zur Seite und begann zu lesen. Das Drehbuch hieß »Die nackte Wahrheit«, Wahrheit, kapiert? – erklärte Valunja, wie die Zeitung »Prawda«, wegen der nationalen Spezifik, er lachte nervös, verstehst du, worauf ich hinauswill? Die Handlung des Films spielt in der Gegenwart, in einer ukrainischen Stadt. Das hast du ja drauf, sagte Valunja, ein paar Fabriken, Platte am Horizont, davon verstehst du was, wenn du willst auch ein paar Leichen, als komisches Element. In dieser Stadt lebt die weibliche Hauptperson, nach den Worten des Drehbuchschreibers – ein einfaches ukrainisches Mädchen. Und dieses einfache ukrainische Mädchen träumt davon, sich in ein italienisches Bordell abzusetzen, eine fixe Idee, nach den Vorstellungen des Autors scheißt sie auf die Wirtschaft ihres Landes, liegt den von Valunja als einfache ukrainische Arbeitslose charakterisierten Eltern auf der Tasche, solche gibt es zu Tausenden, und schaut deutsche Pornos. Die deutschen Pornos, sagte Valunja, müssen wir übrigens selbst drehen, sie wird in unserem Pornofilm Pornos gucken – verstehst du, worauf ich rauswill? Die weibliche Hauptperson sieht also in der Zeitung eine Annonce, daß Leute für italienische Bordelle gesucht werden, der Text muß italienisch synchronisiert sein, damit die Auftraggeber verstehen, worum es geht, sie schreibt ihnen und kriegt eine Zusage. Sie will also, raunte Valunja, in das italienische Bordell fahren, packt sogar schon, die Eltern sind geschockt, die Paßstelle ist geschockt, hier, sagte er, muß lyrische Abschiedsstimmung rüberkommen, Abschied vom historischen Vaterland, man kann eine Wochenschau reinschneiden, Aufnahmen vom Krieg, die Chronik des Wiederaufbaus oder so; sie aber geht zum Bahnhof, nur mit einem kleinen Koffer voll Wäsche. Und hier am Bahnhof, mitten im Bahnhofsgewühl, trifft sie die männliche Hauptperson – so ein richtiger einfacher ukrainischer Kerl, erklärte Valunja, unser Landsmann, wie es Tausende gibt, er arbeitet, sagen wir, als Gepäckträger am Bahnhof, nein, Gepäckträger ist uncool, überlegte es sich Valunja schnell anders, besser als Lokführer. Dann kam die Szene, wie sie sich kennenlernten, Lokomotiven, Semaphoren, Reiseromantik, und die männliche Hauptperson verliebt sich plötzlich in die weibliche Hauptperson. Wie plötzlich? – fragte Gabriel für alle Fälle nach. Plötzlich genug, erklärte ihm der Autor des Drehbuchs, er verliebt sich und redet ihr aus, ins italienische Bordell zu fahren. Wie redet er ihr das aus? Keine Ahnung, wir brauchen ein starkes Bild, wie bei Pasolini, also zum Beispiel, er zieht sie ins Führerhäuschen seiner Lok und redet es ihr aus. Weiter ohne Drehbuch. Und? – fragte Valunja und griff nach seiner Milch. Wieviel zahlen sie? – fragte Gabriel, der noch nicht überzeugt war. Sie zahlen gut, zuerst überweisen sie den ersten Teil des Fördergeldes, schauen sich das Material an, dann überweisen sie den Rest. Und die Ausrüstung? – fragte Gabriel zweifelnd, und die Technik? Du arbeitest doch beim staatlichen Fernsehen, raunte Valunja nervös, wir machen das über den Stadtrat oder über die Kulturverwaltung; ja, stimmte er sich selbst zu, – besser über die Kulturverwaltung, wo es doch ein Porno werden soll. Hauptsache, die Feuerwehr kriegt ihren Anteil. Und die Schauspieler müssen wir bezahlen, fügte Gabriel hinzu. Ja klar, sagte Valunja, – die Schauspieler auch.

Weißt du, sagte Gabriel, nachdem er das Drehbuch ein zweites Mal durchgesehen hatte, irgendwas stimmt nicht. Ich glaube, es ist nicht über die Bekämpfung der Prostitution. Und die Ästhetik ist eher totalitär. Ich kann natürlich ein paar Leichen reinschneiden oder eine Sequenz mit dem Bürgermeister, aber deine Lokomotiven, die Semaphoren – irgendwie faschistisch. Denk noch mal drüber nach, okay? Valunja versprach nachzudenken und kam am nächsten Tag selbst zu Gabriel ins Studio; ich habe nachgedacht, sagte er, du hast ganz recht, ich hab alles umgemodelt, mehr nationale Spezifik, also hör zu. Er holte dieselben Blätter heraus, auf denen ein Haufen gestrichen und mit der Hand neu geschrieben war, und raunte: »Die Macht des Schicksals«. Was? – Gabriel verstand ihn nicht. So heißt der Film, erklärte Valunja, »Schicksal«, für die Spezifik, verstehst du? Also, die weibliche Hauptperson ist immer noch ein einfaches ukrainisches Mädchen, einfach, aber arbeitsam, wir zeigen sie als Näherin, schneiden Bilder aus der Wochenschau rein, die arbeitslosen Eltern und die Chronik des Wiederaufbaus hab ich gestrichen, der deutsche Porno bleibt, aber als negativer emotionaler Hintergrund. Unsere Heldin findet also während der Mittagspause im Betrieb eine italienisch synchronisierte Annonce, daß Leute für italienische Bordelle gesucht werden, es folgt ein lyrisches Thema, ihre innere Suche, vielleicht vor der Kulisse der abendlichen Stadt, dazu der Bürgermeister, für dich ja kein Problem. Und gerade als sie im Betrieb alles hinschmeißen und sich ins italienische Bordell aufmachen will, ruft sie der Gewerkschaftsführer zu sich. Die weibliche Hauptperson kommt in sein Büro, und da beginnt es, und weiter ohne Drehbuch. Moment, sagte Gabriel, und wo ist hier das Schicksal? Das Schicksal, sagte Valunja und machte eine vielsagende Pause, besteht darin, daß der Gewerkschaftsführer auch ein einfaches ukrainisches Mädchen ist! Verstehst du, worauf ich rauswill? Wir machen so was auf *gender*, daß sie gleich noch die Fortsetzung bestellen. Laß uns zum Direktor gehen.

Der Direktor las das Drehbuch, schaute sich die Zeichnungen an, die Valunja auf den Rand gekritzelt hatte, und verlangte zwölf Prozent. Valunja schnappte sich das Drehbuch und stürzte, das staatliche Fernsehen verfluchend, aus dem Büro. Dann kam er zurück und bot sieben, plus Prozente vom Verleih. Bei neun kamen sie schließlich zusammen. Studio 3, sagte der Direktor zu Gabriel, samstags und sonntags von zehn Uhr abends bis neun Uhr morgens, bring die Ausrüstung hin, von mir aus könnt ihr's dort auf allen vieren treiben. Und das klang nicht mal wie eine Metapher.

Valunja reichte einen Projektantrag ein und wollte gleich mit dem Drehen beginnen. Das Problem war nur, daß es niemanden zu drehen gab. Gabriel brachte die Ausrüstung ins Studio 3, wußte aber nicht weiter. In Studio 3 war vorher das Frühprogramm für Kinder gedreht worden, überall Stofftiere, und die Sperrholzkulissen zeigten Elefanten in unnatürlichen Farben. Gabriel dachte, das mit den Elefanten ist sogar gut, und beschloß, sie als Teil der künstlerischen Ausstattung zu verwenden. Aber trotzdem gab es niemanden zu drehen. Wir machen ein Casting, sagte Valunja und schaltete im Presseorgan des Stadtrats eine Annonce.

Zum Casting kamen zwei Kandidatinnen. Die erste war Studentin am Konservatorium, in Lederjacke mit Piercing im Gesicht, sie hieß Vika. Die andere war eine frühere Prostituierte aus dem Hotel »Charkiw«, sagte, sie könne gut Italienisch, weil sie seinerzeit selbst in italienischen Bordellen gearbeitet hatte, sie sagte auch, daß man sie dort gut kenne, daß sie jetzt aber mit ihrer tragischen Vergangenheit gebrochen habe und ihr Glück im Showbiz versuchen wolle. Gabriel störte der Umstand, daß sie dort alle kannten, daher entschied er sich für die Studentin vom Konservatorium, bat die ehemalige Prostituierte aber, noch zu bleiben, und soff mit ihr die Nacht durch, wobei sie feststellten, daß sie einen Haufen gemeinsamer Bekannter hatten. Am Tag darauf wurde im Studio die nächste Folge des Frühprogramms für Kinder gedreht. Die Moderatorin, Marta, trug eine gelbe Perücke, tanzte vor den krassen Elefanten im Hintergrund und betete ihrem unsichtbaren Publikum mit kindlicher Stimme die Regeln der Körperhygiene herunter. Marta, sagte Gabriel nach der Aufzeichnung zu ihr, du bist doch eine seriöse Schauspielerin, du hast Talent, eine gute Stimme. Willst du es nicht vielleicht mal mit einem seriösen Projekt versuchen? Was für ein Projekt? – interessierte sich Marta und rückte ihre gelbe Perücke zurecht. Wir drehen einen Film, sagte Gabriel, zusammen mit den Italienern. Und zu welchem Thema? – fragte Marta. Nationale Thematik, erklärte ihr Gabriel, Soziales, Liebe, Reiseromantik, Pasolini, verstehst du? Uns fehlt noch die weibliche Hauptrolle. Für deine Perücke, fügte er hinzu, haben wir auch Verwendung.

Am ersten Drehtag wollten sie die Szene im Büro des Gewerkschaftsführers drehen. Ein paar Dutzend Schaulustige waren zum Studio 3 gekommen, darunter der Direktor der Fernsehgesellschaft, eine ganze Delegation Feuerwehrleute, außerdem ein paar Fans von »Tante Marta«, die ihr Blumen und Bonbons mitgebracht hatten, aber Gabriel ließ sie nicht ins Studio, das sei nichts für Kinder, höchstens, meinte er, als Statisten. Valunja brachte die von ihm am Vortag geschriebenen Dialoge und zwei Garnituren Lederunterwäsche, die er beim Direktor des Vergnügungsparks ausgeliehen hatte. Den Rest der Kleidung suchte sich Gabriel aus den Requisiten des Kinderfrühprogramms zusammen. Vika und Marta zogen die Lederunterwäsche an, Marta stülpte die gelbe Perücke über, die Feuerwehrleute holten aus ihren Aktenkoffern Wodka und Gurken. Es ging los. Im letzten Moment tauschte Gabriel die Rollen – Vika sollte die weibliche Hauptrolle spielen und Marta den Gewerkschaftsführer. In ihrer gelben Perücke erinnerte sie an den Führer einer Gewerkschaft von Zirkusartisten. Vika, gab Gabriel Anweisungen, du kommst ins Büro. Du wirst zerrissen von inneren Widersprüchen, kapiert? Nachdenklich streichelst du deinen ganzen Körper. Den ganzen, habe ich gesagt! Gut, jetzt zu dir, wandte er sich an Marta, du bist Gewerkschaftsführer, du siehst, daß sie von inneren Widersprüchen zerrissen wird. Leg dich auf den Tisch! Doch nicht auf den Bauch! Leg dich normal hin, du bist doch Gewerkschaftsführer – Gabriel geriet in Fahrt, und die

Aufnahmen wurden ziemlich lebhaft, bis die Feuerwehr-leute ihren Wodka getrunken hatten und ins Rampenlicht krochen. Genug für heute, sagte Valunja, und widerwillig verzogen sich alle.

Wohin mußt du? – fragte Vika ihre Partnerin. Weiß nicht, antwortete Marta, die letzte U-Bahn ist schon weg, vielleicht bleib ich hier und schlaf auf den Requisiten. Komm mit zu mir, sagte Vika und zog sie auf die Straße.

Dieser Film, sagte Marta, irgendwie komisch, ich versteh das nicht richtig. Sie saßen in Vikas Zimmer auf dem Boden und tranken Portwein, billigen Fusel, den sie am Kiosk ge-kauft hatten. Also, ich muß zum Beispiel sagen – »versenge mich mit dem Feuer deiner Leidenschaft«. Ich versteh nicht richtig, was damit gemeint ist. Ganz einfach, antwortete Vi-ka, sie sind doch Näherinnen, das ist Fachjargon.

Ein bißchen später nahm Valunja das abgedrehte Material, sagte, sie sollten auf ihn warten und sich keine Sorgen ma-chen, und flog zu einem Treffen mit den Programmkoordi-natoren nach Mailand.

Der Drehplan war völlig über den Haufen geworfen, von Valunja keinerlei Nachricht, und Sorgen und dunkle Vor-ahnungen plagten das Team. Marta kehrte zu ihrem Kin-derfrühprogramm zurück, Vika kam, wenn es aufgezeichnet wurde, setzte sich ins Studio und spielte mit den Stofftieren, riß ihnen die Rüssel und Ohren ab. Gabriel langweilte sich so ohne Arbeit, ein paarmal nahm er private Aufträge an, ging zu einer Versammlung der Anonymen Alkoholiker. Es hat zwar nichts mit dieser Geschichte zu tun, aber es geschah ungefähr folgendes.

Eines Morgens traf er in der Gosprom-Kantine Botkin*. Botkin war genau wie Gabriel Stammgast in der Kantine, auch er konnte hier seine Getränke anschreiben lassen, und als er Gabriel sah, lächelte er ihn an, so wie ein Stammgast nur jemanden anlächelt, der genauso ein Stammgast ist. Sie setzten sich an den Tisch und begannen ein lockeres, zu nichts verpflichtendes Gespräch: über Währungskurse, Börsenkrach, Energieträger und Korruption in den Behörden, kurz – worüber sich zwei Intellektuelle eben unterhalten, bevor sie sich am Morgen den ersten genehmigen. Botkin sprach unter anderem über seine Gesundheit, sagte, er kümmere sich in letzter Zeit ernsthaft um sie, und forderte Gabriel auf, dasselbe zu tun. Hier muß erwähnt werden, daß Gabriel sein Sohn hätte sein können, Botkin, laut Personalausweis Dickucha Jewhen Petrowytsch, war ein alter Beatnik und Dissident, sozusagen ein scharfer Splitter der 60er, aber er war sehr umgänglich und duzte gleich jeden. Sein ganzes bewußtes Leben war er Arzt in einer Poliklinik gewesen, darum nannte man ihn auch Botkin, und er genoß in den unterschiedlichsten Kreisen einen guten Ruf. Seine Wohnung, die er als echter Dissident und scharfer Splitter der 60er nur selten aufräumte, war mit Altpapier und Abfall zugemüllt, im Bücherschrank stand auf einem Ehrenplatz ein Foto des Dichters Jewtuschenko. Auf der Rück-

* Füt ukrainische Leser ein klingender Name: Der russischer Arzt Sergej Botkin (1832-1889) führte neue Hygiene-Standards in den Petersburger Krankenhäusern ein. Hepatitis A heißt seither im Jargon *bolezn botkina*. Sein Sohn Jewgenij (1865-1918) war Leibarzt der Romanows und wurde zusammen mit der Zarenfamilie in Jekaterinburg ermordet. (A.d.Ü.)

seite stand: »Der lieben Zhenja mit herzlichem Gruß vom Dichter Jewtuschenko«. Botkin behauptete, die Widmung gelte ihm. Doch! rief er seinen Opponenten zu, die ihm das nicht abkauften, mir! Hier steht es doch – der lieben Zhenja! Vom Dichter Jewtuschenko! Also mir – Jewhen Petrowytsch Dickucha! Botkin behauptete, der Maestro habe ihm das Foto nach einem Auftritt in den wilden Sechzigern höchstpersönlich gewidmet, sei dabei aber so dicht gewesen, daß er nur auf den Namen reagierte, den er aus seiner eigenen Kindheit kannte. Nachdem er in Pension gegangen war und seine äußerst bunt zusammengewürfelte Kundschaft hinter sich gelassen hatte, fing Botkin plötzlich an, sich um seine eigene Gesundheit zu kümmern. Wobei er sich ganz unkonventioneller Methoden bediente. Ich kenne die sowjetische Medizin, rief er seinen Opponenten zu, das könnt ihr mir glauben, ich habe vierzig Jahre in diesem System gearbeitet. Ich gehe nur dann zum Arzt, wenn ich von einer Giftschlange gebissen werde. Botkin begeisterte sich statt dessen für Yoga, Karmadiagnostik und Tantra-Sex. Sein Interesse am Tantra-Sex ließ allerdings schnell nach, ich, sagte er, interessiere mich ja schon für normalen Sex nicht, was also für Tantra-Sex. Schließlich empfahl ihm jemand die Kurse der Anonymen Alkoholiker. Er überlegte und schrieb sich ein. Was wollt ihr denn, rief er seinen Opponenten zu, ich bin selber Arzt, ich kenne die heilende Kraft der Selbstanalyse. Mit dem Trinken hörte er natürlich nicht auf, sagte, die Kurse seien vor allem Selbsttraining und gut für die Karmadiagnostik. Das alles erzählte er jetzt Gabriel und schlug ihm sogar vor, das nächstemal zusammen zu den Anonymen Alkoholikern zu gehen. Versteh doch, rief er, du hast überhaupt keine Ahnung, was zwischen deinen Chakren abgeht.

Also lieber mal hören, was kluge Menschen zu sagen haben. Und was für ein Publikum besucht die Kurse? – interessierte sich Gabriel. Wir sind viele, erklärte ihm Botkin, ein hochintelligentes Publikum, und eine Bar gibt es dort auch.

Die Kurse fanden in der Aula des Pionierpalasts statt. Den Tisch bedeckte ein rotes Baumwolltuch, die Fenster waren mit schweren Vorhängen verhängt; die Anonymen Alkoholiker kamen einzeln und nahmen wortlos möglichst weit von der Bühne Platz. Gabriel war bereits beschwipst und brachte seine Kamera in Position, aber gleich kam der diensthabende Verantwortliche angerannt, nannte sich Julij Jurijowytsch und sagte, er solle die Kamera ausmachen. Was glauben Sie denn, sagte er, das geht doch nicht! Sie verletzen doch die Anonymität unserer Alkoholiker. Gabriel wußte nicht, was er darauf antworten sollte, aber Botkin zog ihn auf einen Stuhl in der ersten Reihe, hier ist es bequemer, sagte er, und alle können uns sehen. Gabriel fragte sich, wozu das gut sein sollte, aber allmählich waren die Alkoholiker alle beisammen, und es konnte losgehen. Als letzter wurde ein junger Anonymer Alkoholiker hereingeführt, der ziemlich unzufrieden aussah. Er wurde von zwei Sergeanten begleitet und warf den Anwesenden wilde Blicke zu. Also, sagte Julij Jurijowytsch, wir wollen aufstehen und uns zum Zeichen der Solidarität die Hände reichen. Alle standen auf. Gabriel nahm Botkin an der Hand, die Sergeanten packten den festgenommenen Anonymen Alkoholiker. Der versuchte, Widerstand zu leisten, aber die Sergeanten verstanden ihren Job. Also gut, sagte Julij Jurijowytsch, bitte nehmen Sie Platz. Wer will anfangen? Einer der Sergeanten hob die Hand. Julij Jurijowytsch, sagte er, vielleicht wir? Wir müssen die Schließzeiten beachten. Bitte schön, antwortete Julij Jurijowytsch, legen Sie los. Die Sergeanten stießen dem Festgenommenen in die Seite, der stand widerwillig auf. Also, sagte Julij Jurijowytsch, nennen Sie Ihren Namen. Der Festgenommene schwieg. Einer der Sergeanten hielt nicht mehr an sich und versetzte ihm einen Stoß; der Festgenommene warf ihm einen düsteren Blick zu, drehte sich zu Julij Jurijowytsch und legte los. Ich bin Alik Stotterenko. Hallo, Alik Stotterenko, raunte der Saal freundlich. Alik verstummte, bis ihm einer der Sergeanten noch einen Stoß versetzte. Ich bin Anonymer Alkoholiker, sagte Alik. Wieder lief eine Welle des Wohlwollens durch den Saal: Gut, Alik Stotterenko. Erzähl uns deine Geschichte, Alik, forderte Julij Jurijowytsch ihn auf. Alik überlegte und sagte dann folgendes – am 26. Mai dieses Jahres, um 18.30 Uhr beging ich in stark alkoholisiertem Zustand einen dreisten Diebstahl. Objekt war ein Firmenwagen der Marke SiL des Handelsunternehmens »Frostik«, wodurch das erwähnte Unternehmen einen materiellen und finanziellen Schaden von dreihundertfünfzig Kilogramm Tiefkühlfisch in Blöcken erlitt. Obwohl ich im selben Zustand verweilte, wurde mir kurz darauf der Ausmaß meiner Schuld bewußt, so daß ich beschloß, mich freiwillig in die Hände der Behörden zu begeben. Das führte dazu, daß ich, nachdem ich die Kontrolle über das Automobil Marke SiL verloren hatte, die Informationstafel des Milizreviers im Kiewer Bezirk der Stadt Charkiw rammte. Folge dieses Zwischenfalls war das unerlaubte Abladen von Fischereiprodukten des Handelsunternehmens »Frostik« auf dem Gelände des Reviers, konkret – der erwähnten dreihundertfünfzig Kilo Tiefkühlfisch. Den ganzen Flur hat er uns mit diesem Fisch vollgekippt, der Scheißer! – einen der

Sergeanten hielt es nicht länger auf seinem Stuhl! Die halbe Nacht haben wir das Zeug einsammeln dürfen, sind wir vielleicht Walrösser oder was! Und die Informationstafel hat er umgefahren. Mit allen operativen Daten! Arschloch! – sagte er zu Alik und setzte sich wieder. Also gut, sagte Julij Jurijowytsch, wir wollen Alik für seine Geschichte danken. Vielen Dank, Alik Stotterenko, lief es durch den Saal, einer der Sergeanten ging zu Julij Jurijowytsch, der ein Formular unterzeichnete, und man schleppte Alik zum Ausgang. Auf Wiedersehen, Alik Stotterenko, hallte es ihm nach. Verrekken sollt ihr! – rief Alik, aber die Sergeanten drehten ihm die Arme auf den Rücken und schoben ihn hinaus. Nun denn, sagte Julij Jurijowytsch zufrieden, – wer ist der nächste? Ich kann, Botkin hob die Hand. Paß auf, er beugte sich zu Gabriel, denen werde ich's zeigen. Gut, gut, stimmte Julij Jurijowytsch zu. Ich, sagte Botkin, heiße Dikucha Jewhen Petrowytsch. Hallo, Dikucha Jewhen Petrowytsch, raunte der Saal. Ich bin Anonymer Alkoholiker, rief Botkin fröhlich. Gut, gut, erwiderte das Auditorium. Erzähl uns deine Geschichte, Jewhen Petrowytsch, bat ihn der diensthabende Verantwortliche. Meine Geschichte ist folgende, Botkin ließ sich nicht lange bitten. Ich bin Mediziner. Mein ganzes Leben habe ich dem Wohlergehen meiner Mitbürger gewidmet! Und der Alkohol stand dir dabei im Weg? – Julij Jurijowytsch versuchte, das Gespräch in die richtigen Bahnen zu lenken. Jawohl, – Botkin wollte nichts verbergen, jawohl. Und auf welche Art und Weise? – interessierte sich Julij Jurijowytsch weiter. Auf verschiedene Art und Weise, Botkin kratzte sich nachdenklich am Kinn, auf verschiedene. Also zum Beispiel komme ich einmal zum Dienst, ich erinnere mich – es war am 9. November, gerade am Feiertag. Moment, Jewhen Petrowytsch, unterbrach ihn der diensthabende Verantwortliche, was denn für ein Feiertag? Also, Tag der Revolution, antwortete Botkin, der 7. November. Und wann bist du zum Dienst gekommen? – fragte ihn Julij Jurijowytsch streng. Am neunten, wiederholte Botkin, ich hatte die Kollegen nach dem Feiertag noch nicht gesehen, das mußten wir feiern. Und da bringt man uns, erinnere ich mich, eine Leiche. Wir mußten aber doch dringend in den Laden, uns eindecken. Ich sage also, Jungs, bringt ihn erst mal in die Küche! Jewhen Petrowytsch, unterbrach ihn nochmals der Verantwortliche, hattest du jemals das Bedürfnis, mit jemandem über dein Problem zu reden? Also, antwortete Botkin, ich rede ja gerade darüber. In Ordnung, der diensthabende Verantwortliche ließ ihn nicht weitermachen, wir wollen uns bei Jewhen Petrowytsch für seine Geschichte bedanken. Danke, Jewhen Petrowytsch, fiel das dankbare Auditorium ein, Botkin verbeugte sich in alle Richtungen und ließ sich zufrieden in seinen Sitz fallen. Wie fandest du das? – fragte er Gabriel, jetzt bist du dran. Ich? – Gabriel erschrak. Ja ja, ermunterte ihn Botkin, das Wichtigste hier ist Selbsttraining, also schieß los. In Ordnung, fuhr Julij Jurijowytsch fort, wer ist der nächste? Sie vielleicht? – er schaute auf Gabriel. Gabriel zögerte, in seinem Rücken erklang jedoch wohlwollendes Gezischel, also stand er auf. Ich heiße Tolik Gabrilenko, sage er, eher zum Verantwortlichen als zum Auditorium. Hallo, Tolik Gabrilenko, eine neue Welle des Wohlwollens schlug ihm in den Rücken. Ich bin Alkoholiker. Anonymer Alkoholiker, verbesserte ihn der diensthabende Verantwortliche. Wieso anonym? – Gabriel war beleidigt. Ganz normal. Ist es schon lange her, daß Sie gemerkt haben, der Alkohol steht Ihnen im Weg? – fragte ihn der diensthabende Verantwortliche. Ja, sagte Gabriel, nein. Sie haben verstanden, Julij Jurijowytsch kam ihm zu Hilfe, daß Sie die Situation nicht mehr unter Kontrolle haben? Natürlich, antwortete Gabriel, natürlich. Und daß der Alkohol wie eine Mauer zwischen Ihnen und Ihren Nächsten steht? – Julij Jurijowytsch wollte immer auf dasselbe hinaus. Aber sicher, bestätigte Gabriel. Als ich geheiratet habe, wollte ich das Geld für den Fotografen sparen. Habe alles selber fotografiert. Also war ich natürlich auf keinem Foto drauf. Meine Eltern nahmen mir das übel, sagten, ich wäre wohl komplett strack gewesen und deswegen auf keinem Foto. Gut, gut, raunte es durch das Auditorium. Und wann haben Sie beschlossen, dem Alkohol zu entsagen? – der diensthabende Verantwortliche unterbrach ihn irgendwie eifersüchtig. Wissen Sie, ich habe es eigentlich noch gar nicht beschlossen. Soll ich Ihnen vielleicht mein Drehbuch erzählen? – fragte er Julij Jurijowytsch. Ihr Drehbuch? – fragte der irritiert zurück. Ja, mein Drehbuch. Ich habe es mir vor ein paar Jahren ausgedacht. Das Drehbuch für meinen zukünftigen Film. Also, ich weiß nicht, der Verantwortliche zögerte, aber das Auditorium raunte wieder wohlwollend, also fuhr Gabriel fort. Kurz gesagt, es wird ein Katastrophenfilm. Ein Katastrophenfilm? – fragte Julij Jurijowytsch immer unsicherer. Ja, ein Katastrophenfilm. Der Held arbeitet als Bibel-Dolmetscher für Gehörlose. Als was? Als Bibel-Dolmetscher für Gehörlose, er ist beim Fernsehen und dolmetscht mit seiner Hände Hilfe Gottes Wort. Eines Tages eröffnet ihm der Priester, den er dolmetscht, ein furchtbares Geheimnis, also offensichtlich steht eine humanitäre und ökologische Katastrophe unmittelbar bevor, und uns alle erwartet das humanitäre Ende. Er schlägt dem Dolmetscher also vor, die Heilige Schrift für Gehörlose aufzuzeichnen und auf tausend Jahre einfrieren zu lassen. Kurz darauf fällt der Priester unbekannten Übeltätern zum Opfer, aber der Dolmetscher macht die Aufzeichnung der Heiligen Schrift für Gehörlose trotzdem, ich weiß nur noch nicht, welches Medium er benutzt, wahrscheinlich aber DVD. Ja, DVD ist am besten, rief jemand aus dem Saal. Ja, wirklich, am besten DVD, stimmte Gabriel zu, und gibt alles an ein geheimes Labor zum Einfrieren. Die Fortsetzung spielt tausend Jahre später. Die humanitäre und ökologische Katastrophe hat tatsächlich stattgefunden, aber die Zivilisation hat überlebt. Allerdings mit großen zivilisatorischen Verlusten. Was für Verluste genau? – fragte jemand aus dem Saal, der eifrig mitschrieb. Vor allem, erklärte Gabriel, geht die Fähigkeit verloren, kommunikative Zeichensysteme wahrzunehmen. Wollen Sie sagen, rief jemand, daß die Zivilisation die Fähigkeit verliert, die bekannten Zeichen zu dekodieren? Genau, bestätigte Gabriel die geäußerte Vermutung. Was bitte? – fragte Julij Jurijowytsch. Na, die Buchstaben werden wir alle vergessen, erklärte ihm Botkin gereizt, was gibt's hier nicht zu verstehen? Genau, bestätigte Gabriel wieder, kurz gesagt – infolge der humanitären und ökologischen Katastrophe verliert die Zivilisation das Verständnis für praktisch den ganzen Komplex des sogenannten kulturellen Erbes. Es gibt keine Bücher, keine Zeitungen. – Keine Handys! – rief jemand aus dem Saal. Und die Zivilisation verliert allmählich ihr kulturelles Gedächtnis, verstehen Sie? Aber da sind die tausend Jahre um, und im geheimen Labor wird die DVD mit der Bibel-Übersetzung für Gehörlose aufgetaut. An dieser Stelle wird ein Krimi-Motiv eingeflochten, böse Kräfte treten in Erscheinung, die nicht wollen, daß die aufgetaute DVD in den Besitz der Nachkommen gelangt, aber letztendlich kommt das Wort Gottes an den richtigen Adressaten. Gut, gut – eine neue Welle rollte an Gabriel heran. Aber das Problem besteht darin, fuhr Gabriel fort, daß die Zivilisation, da sie die Fähigkeit verloren hat, Zeichensysteme zu verstehen, die Botschaft nicht entschlüsseln kann. Die Leute begreifen dieses komplizierte System der Informationsübertragung als eine Kombination von Gesten, von denen jede einzelne nicht mehr ist als, sagen wir, eine bewegliche Hieroglyphe. Sie kopieren alle wichtigen Zeichen der Gebärdensprache und geben jedem eine eigene, ganz neue Bedeutung. Dann beginnen sie, dieses neue System der Informationsübertragung zu nutzen. Sie füllen jungen Wein in alte Schläuche! – rief, vom Auditorium bejubelt, jemand aus dem Saal. Genau, stimmte Gabriel wieder zu, genau. Am interessantesten ist aber, daß sie, wenn sie mit Hilfe des aus der Vergangenheit übernommenen Zeichensystems kommunizieren, unwillkürlich im täglichen Leben den Text der Heiligen Schrift wiedergeben. Sie schließen sich an ihren Energiekreislauf an! – rief Botkin und drehte sich zum Auditorium. Ja, griff Gabriel den Gedanken auf, de facto dringt der Text der Heiligen Schrift in ihren Alltag wie ein Virus, von dem sie nicht mal etwas ahnen, wie beim Computer, verstehen Sie? – wandte er sich an Julij Jurijowytsch. Der nickte unsicher. Und das beeinflußt auf überraschende Weise die ganze Entwicklung der Zivilisation. Positiv? – fragte derjenige, der mitschrieb. Natürlich positiv, sagte Gabriel, denn de facto benutzt die gesamte Zivilisation statt eines Dudens jetzt ein Wörterbuch biblischer Begriffe und ganze Stücke aus der Heiligen Schrift, zum Beispiel das Buch der Propheten. Warum gerade das Buch der Propheten? – fragte jemand besorgt.

Weil es genau in der Mitte der Heiligen Schrift steht, erklärte Gabriel, und der Wahrscheinlichkeitstheorie zufolge am häufigsten gebraucht wird. Irgendeine Information, egal welche, also zum Beispiel, was steht da auf Ihrem Zettel? – fragte Gabriel einen Anonymen Alkoholiker in der dritten Reihe, der ein Stück Papier in der Hand hielt. Verlegen stand er auf, ein ganz einfacher Text, erklärte er; macht nichts, sagte Gabriel, lesen Sie ihn bitte vor; der Anonyme Alkoholiker zögerte und las dann: »Das Aufnehmen von Ambroxol geht bei innerlicher Anwendung schnell und fast vollständig vonstatten. Die stärkste Wirkung entfaltet das Präparat nach dreißig Minuten bis drei Stunden. Die Wirkungsdauer beträgt sieben bis zwölf Stunden.« Wunderbar, sagte Gabriel, das ist ein wunderbarer Text mittleren Schwierigkeitsgrades, so etwa wie das Buch Hesekiel, Kapitel eins, Vers achtundzwanzig, erinnern Sie sich? – »Wie der Regenbogen steht in den Wolken, wenn es geregnet hat, so glänzte es ringsumher. So war die Herrlichkeit des Herrn anzusehen. Und als ich sie gesehen hatte, fiel ich auf mein Angesicht und hörte einen reden.« Das ist die Stelle! – Wirklich? – fragte unsicher Julij Jurijowytsch. Absolut, fuhr Gabriel fort, absolut. Nun also, infolge des aktiven und intensiven Gebrauchs der biblischen Texte kommt es allmählich zu einer Erneuerung der Rezeptoren, die damals, vor tausend Jahren, sakrales Handeln ermöglicht hatten. Anders gesagt, eines Tages erwacht Gott der Herr und siehe, alles funktioniert wieder, irgendwer benutzt das Buch der Propheten und das Buch der Psalmen wieder, verstehen Sie? Benutzt es so aktiv und intensiv, daß Gott einfach reagieren muß. Und er reagiert, das bitte merken Sie sich, äußerst wohlwollend, er spendet Liebe und Segen an unsichtbare, aber zahlreiche Rezipienten. Stellen Sie sich bloß mal vor, was bei denen plötzlich alles abging!! Moment, fiel ihm Julij Jurijowytsch ins Wort, hier gibt es doch einen Widerspruch – die Leute legen doch keinen sakralen Sinn in ihre Botschaften, nicht wahr? Für sie ist das, wie ich Ihren Worten entnehme, doch nichts als ein primitives Kommunikationssystem, das dem Austausch von Informationen dient. Das Auditorium stieß eine Welle von Verärgerung und Enttäuschung aus, Julij Jurijowytsch zog verängstigt den Kopf ein. Sekunde! – reagierte Gabriel, genau das sage ich ja, es geht nicht um den Sinn, sondern darum, es genau wiederzugeben. Es spielt keine Rolle, was Sie eigentlich meinen, wenn Sie in Zitaten aus dem Evangelium reden, Hauptsache, Gott weiß, woher die Zitate stammen. Okay, Julij Jurijowytsch ließ nicht locker, und woher weiß er das? Er versteht das alles doch ganz unmittelbar mit Hilfe seiner, wie Sie sich ausgedrückt haben, Rezeptoren, ohne jeglichen Interpretationskontext. Ganz richtig, stimmte ihm Gabriel zu, aber wie kann er dann diese ganzen, ihrem Wesen nach völlig widersprüchlichen Energieströme verstehen, die ihn tagtäglich in Form von, sagen wir mal, unterschiedlichen religiösen Konzeptionen erreichen? Sie glauben ja wohl nicht, daß es sich beim Gott der christlichen Zivilisation und dem Gott der muslimischen Zivilisation um zwei verschiedene Götter handelt? Sind ja schließlich keine Versicherungsvertreter. Wie also kann er das alles verstehen und auseinanderhalten? Und was meinen Sie, wie er das macht? – fragte Julij Jurijowytsch ratlos. Gabriel machte eine dramatische Pause. Gott hat eben einen Decoder. Deswegen versteht er alle. Das war also mein Drehbuch. Im Mittelpunkt soll diese eingefrorene DVD stehen. Also ich sehe das so, die Heilige Schrift, das ist das Buch der Bücher, stimmt's? Und die Zivilisation der Zukunft wird mit Hilfe der DVD der DVD leben. Der Doppel-DVD! – rief jemand aus dem Saal. Genau! – stimmte Gabriel zu, und das Auditorium klatschte wieder Beifall.

In der Bar bestellte der vor Anspannung und Aufregung schweißgebadete Gabriel für sich und Botkin je 150 Gramm. Aha, hier sind Sie also? – rief ihnen Julij Jurijowytsch fröhlich zu, der hereinspazierte und sich ebenfalls 150 Gramm bestellte. Botkin schob eilfertig ihre Gläser zur Seite, und Julij Jurijowytsch setzte sich zu ihnen. Schaute sich erst im Raum um, sah dann zum Fenster hinaus und warf Gabriel einen prüfenden Blick zu. Na dann, sagte er, auf die Solidarität!

Valunja kehrte aus Italien zurück, energiegeladen und sorgenvoll. Alles paletti, sagte er, die Italiener sind geschockt. Diese Szene im Büro des Gewerkschaftsführers hat sie einfach umgehauen. Wir müssen schnell fertigdrehen, Untertitel auf italienisch und ab in den Verleih! Nur – es gibt ein paar Probleme mit dem Drehbuch, sagte er und tänzelte vor Gabriel herum, der mit den Studiokopfhörern auf den Ohren dasaß. Was für Probleme? – fragte Gabriel angespannt zurück. Verstehst du, Valunja wand sich, ich hab dir doch gesagt – mehr nationale Spezifik. Mit *gender* ist alles in Ordnung, genau das richtige Maß, dazu noch diese Leichen, alles okay. Aber die Spezifik … Verstehst du, sie sagen, es sind kosmopolitische Typen. Daß sie solchen bei sich daheim auf Schritt und Tritt begegnen. Wirklich? – fragte Gabriel ungläubig, man begegnet dort also auf Schritt und Tritt Gewerkschaftsführern in gelben Perücken, verstehe ich das richtig? Moment, beschwichtigte ihn Valunja, nicht so hastig, vergiß nicht, daß sie es sind, die für das alles blechen. Ich habe lange überlegt, und weißt du, was? – wir brauchen einen Gnom. Für die Spezifik. Dann paßt alles zusammen – Gewerkschaften, *gender,* Macht des Schicksals. Wir brauchen einen Gnom. Kannst du einen besorgen? Weiß nicht, Gabriel war etwas ratlos, ich werd's versuchen.

Am nächsten Morgen fanden sich wieder alle im Studio 3 ein. Sogar der Direktor erschien. Als letzter kam Gabriel, er versteckte etwas hinter seinem Rücken. Valunja, dem das nicht entging, wurde nervös. Guten Tag, sagte Gabriel laut, darf ich vorstellen, das neue Mitglied unseres Kollektivs. Das neue Mitglied versteckte sich hinter seinem Rücken und machte keine Anstalten, hervorzutreten. Also was hast du da? – Vika wurde ungeduldig. Gabriel trat zur Seite und stieß den Buckligen nach vorne. Marta schrie auf. Vika steckte sich nervös eine Zigarette an. Hallo! – der Bucklige grüßte fröhlich in die Runde. Er trug lederne Motorradhandschuhe und ein breites georgisches Käppi. Gabriel fing an zu erzählen, sagte, der Bucklige arbeite als Taxifahrer, aber nur vorübergehend, vorher sei er beim Zirkus gewesen, als Beleuchter, er ist also, sagte Gabriel, einer von uns, ein Kreativer. Gestern hatte er Gabriel nach Hause gefahren, Gabriel hatte ihm vom Projekt erzählt, und der andere war bereit mitzumachen. Vika trat in die Kulissen und drückte ihre Kippe an einem knallgelben Elefanten aus. Valunja holte drei Garnituren Lederunterwäsche hervor. Marta holte aus ihrem Jeans-Rucksack die gelbe Perücke.

Sie fingen an zu drehen. Der Bucklige zog die Unterwäsche an, es war nicht seine Größe, die Unterwäsche rutschte, Gabriel schlug ihm vor, die Motorradhandschuhe und das Käppi anzubehalten, das sieht sogar erotischer aus, sagte er. Von Anfang an ging alles daneben, Marta war nervös, der Bucklige war nervös, Vika regte sich auf. Gabriel konnte nicht mehr an sich halten und bekam einen Wutanfall, was ist los mit euch? – schrie er, was glaubt ihr, wozu ihr hier seid? – schrie er weiter, soll vielleicht ich das für euch machen? fragte er die Frauen, die nicht widersprachen. Der Bucklige war in dieser Situation völlig überfordert, wußte nicht, wohin mit seinen langen nackten Armen in den Motorradhandschuhen. Er stand wie ein Steinpilz in der Mitte des breiten Bettes, daneben standen Marta und Vika und starrten verängstigt auf seinen Buckel. Schließlich brach Marta in Tränen aus, schnappte sich ihre Sachen und lief aus dem Studio. Vika schnappte sich ebenfalls ihre Sachen und lief ihr nach. Es wurde still im Studio. Gabriel schwieg beunruhigt, man konnte sehen, daß der Konflikt ihn mitgenommen hatte. Valunja saß in einer Ecke und bemühte sich, nicht in die Richtung des Buckligen zu schauen. Der Bucklige rückte das Käppi zurecht und zog die Motorradhandschuhe hoch. Also gut, sagte endlich Gabriel, los Viktor Pawlowytsch, wir machen den Dreh mit Ihnen, und später montiere ich alles. Erst die Szene im Büro des Gewerkschaftsführers. Zusammen mit Valunja hoben sie den Tisch an und schleppten ihn ins Zentrum. Der Bucklige half ihnen dabei. Los, sagte Gabriel, an die Arbeit – und schaltete die Kamera ein. Also, rief er, Viktor Pawlowytsch, Sie betreten das Büro. Es ist das Büro ihres Gewerkschaftsführers. Sie aber betreten es in Lederunterwäsche. Deswegen werden Sie von inneren Wider-

sprüchen zerrissen, hören Sie – von inneren Widersprüchen!
Sie beginnen, versonnen Ihren ganzen Körper zu streicheln.
Nein, besser nicht den ganzen, streicheln Sie nur Ihre Arme.
Mehr Zärtlichkeit, Viktor Pawlowytsch! So, und jetzt legen
Sie sich auf den Tisch! Valunja, hilf ihm. Leg ihn auf den
Tisch. Doch nicht auf den Bauch!

Vika holte Marta schon auf der Treppe ein, Marta zog im
Gehen Hemdchen und Bluse an, die Schnürsenkel an ihren
Turnschuhen waren offen, und mit ihrem Rucksack erinnerte
sie an den im Studio zurückgebliebenen Buckligen. Warte, rief
ihr Vika zu, warte, sie befanden sich jetzt auf einer Höhe. Mit
diesem Buckligen werde ich nicht drehen, Martas Gesicht war
tränenverschmiert, dieser Buckel, er sieht so … so suspekt
aus. Ein ganz normaler Buckel, sagte Vika, wein doch nicht.
Und sie bückte sich und band Martas Schnürsenkel zu.

Hör mal, sagte Vika und trank ihr Glas Portwein leer, wenn
du gehst, gehe ich auch, ohne dich werde ich nicht drehen.
Warum? – fragte Marta verständnislos. Weil du mir gefällst
und ich ohne dich nicht drehen werde. Was willst du denn
dann machen? – fragte Marta. Sie saßen auf dem Fußboden, die Balkontür stand offen, eine frische Mainacht brach
an, der Portwein war alle, Geld hatten sie keines, und ihre Arbeit war zum Fürchten. Ich finde einen anderen Job,
sagte Vika, als Kellnerin in einer Pizzeria. Warum in einer
Pizzeria? – Marta verstand das nicht, dann doch lieber in
einem italienischen Porno mitspielen, sagte sie, als italienische Pizza verkaufen. Was macht das für einen Unterschied,
antwortete Vika und fing an, sie langsam auszukleiden. Zog
ihr die gelbe Perücke, die Bluse, das Hemdchen, den Rock

aus. Nur die Schnürsenkel an den Turnschuhen kriegte sie lange nicht auf.

Am nächsten Morgen suchte Gabriel einen friedlichen Vergleich. Sagte, er sei zu hitzig gewesen, entschuldigte sich und versprach, einen Vorschuß zu zahlen. Die Arbeit am Set wurde wieder aufgenommen. Valunja und der Bucklige karrten das Bett heran. Gabriel gab kurze Anweisungen, also folgendes, sagte er, wir drehen die Szene der lyrischen Selbstfindung der weiblichen Hauptperson. Die weibliche Hauptperson verarbeitet lyrisch die letzten Ereignisse in ihrem Leben. Der Gewerkschaftsführer hilft ihr dabei. Und ich? – meldete sich der Bucklige. Und Sie? Gabriel drehte sich zum Buckligen, Scheiße, Sie hab ich total vergessen. Valunja, gib Viktor Pawlowytsch einen Kerzenleuchter. Also folgendes, Viktor Pawlowytsch, Sie nehmen den Leuchter in die rechte Hand, und in die linke, in die linke Hand, in die linke Hand nehmen Sie gar nichts, besser Sie halten den Leuchter mit beiden Händen. Nur nicht fallen lassen! Na, fragte er Valunja, wie gefällt dir das? Valunja schaute sich die Szene an. Sieht aus wie ein Steinpilz, sagte er schließlich. Wieso denn, widersprach Gabriel, hast du schon mal einen Steinpilz mit Kerzenleuchter gesehen?

Vika drehte Martas Gesicht zu sich, nimm doch diese dämliche Perücke ab, sagte sie leise, was sagst du da, ihre Freundin kriegte Panik, – das ist doch ein Kostüm, aber Vika packte die Perücke und zog sie ihr energisch vom Kopf. Sie hatte kurzes Haar, Vika drehte sie auf den Rücken und fing an, ihr die enge lederne Unterwäsche auszuziehen. Was machst du denn? – raunte die Freundin verängstigt, und mit einem

Seitenblick auf den Kerzenleuchter über ihnen, was ist mit deinem Text? Laß uns lieber ficken, sagte Vika und hängte die Perücke auf den Leuchter. Tolja, rief Marta ein paar Minuten später Gabriel zu, sollen wir weitermachen? Ich bin nämlich schon gekommen. Ich auch, antwortete verlegen der Regisseur.

Wie auch immer, die Dreharbeiten näherten sich ihrem erfolgreichen Ende, Gabriel drehte die letzten Szenen, hauptsächlich mit dem Buckligen, er strich ihn mal mit schwarzer Farbe an und ließ ihn einen buckligen Mohren mimen, mal zog er ihm Flügelchen über, die sich unter den Kinderrequisiten befanden, ließ ihn auf den Tisch steigen und sich dort die Arme streicheln, mal bestreute er sein georgisches Käppi mit Kunstschnee und nahm den spezifisch nationalen Winter auf, endlich hatte er genug Material und machte sich ans Schneiden und Montieren. Marta war bei Vika eingezogen, Vika brachte sie jeden Morgen zum Dreh des Frühprogramms für Kinder, nahm ihren Rucksack und wartete im Korridor. Der Bucklige kriegte seinen Vorschuß und kaufte einen neuen Kotflügel für sein Taxi. Seinen Freunden erzählte er, er spiele in einer Serie über die italienische Mafia mit.

Eines Tages rief der Direktor der Fernsehgesellschaft Marta zu sich. Sie kam spät, wütend und aufgeregt heim, so ein Arschloch, fing sie an zu schreien, was für ein beschissenes Arsch! Was ist passiert? – fragte Vika. Mein Programm wird dichtgemacht, rief Marta, wegen diesem Arsch, dem Direktor! Wieso denn dichtgemacht? – fragte Vika. Es gibt keinen freien Sendeplatz! Sie haben die Sponsoren dort hingepackt. Dieses Direktoren-Arsch. Will mit mir pennen! Und was ist das Problem? – Vika kapierte nicht, penn mit ihm, und basta – du kannst weiter vom Zähneputzen erzählen. Verpiß dich! – Marta war beleidigt. Und was nun? Was nun, antwortete Marta, was nun – ich bekomme die Knete für den Film und haue ab. Wohin willst du abhauen? – fragte Vika. Irgendwohin, nach Italien zum Beispiel. Und ich? – fragte Vika. Was hast du damit zu tun? Marta schleuderte ihre Schuhe in die Ecke, schmiß sich aufs Sofa, vergrub sich in die Decke und schlief schnell ein.

Am nächsten Morgen rief Gabriel an, bat sie, eilig zu kommen, um eine Szene zu Ende zu drehen. Versprach, er werde endlich das Geld rausrücken. Vika und Marta kamen, Gabriel lief hektisch durchs Studio und rollte Kabel ein. Der Bucklige lief ihm zwischen den Füßen herum. Scheiße Scheiße Scheiße, jammerte Gabriel, morgen muß das Studio geräumt sein, und eine Szene ist noch nicht im Kasten, auf auf, meine Süßen, zieht euch um. Vika und Marta zogen widerwillig ihre lederne Rüstung an. Gabriel schaltete die Kamera ein. Der Bucklige nahm den Leuchter. Also, wir drehen die Szene der herzlichen Dankbarkeit der weiblichen Hauptperson. Die weibliche Hauptperson begreift, vor welchem Fehler ihre Freunde und das Kollektiv sie bewahrt haben, und empfindet herzliche Dankbarkeit. An die Arbeit! Vika trat an Marta heran und berührte vorsichtig ihre Schulter. Marta verkrampfte sich. Vika versuchte, sie zu sich zu drehen, aber Marta schüttelte nervös ihre Hand ab. Vika faßte sie an der Schulter, aber Marta trat einen Schritt zurück. Da packte Vika sie, zog sie zu sich, drehte sie ein bißchen und gab ihr eine schallende Ohrfeige. Marta schrie auf und schützte das Gesicht mit den Händen. Vika schlug noch ein paarmal zu und rannte dann aus dem Studio. Der Bucklige grunzte verwirrt. Marta weinte, verbarg ihr Gesicht in den Händen, sah schließlich Gabriel an, hast du das alles etwa aufgenommen? fragte sie leise. Habe ich, antwortete Gabriel verlegen. Und? Gabriel überlegte. Nicht schlecht, sagte er nachdenklich, nicht schlecht. Besonders dieser Kerzenleuchter.

Eine Kopie des fertigen Films gab Gabriel Valunja, für die Auftraggeber. Die zweite Kopie gab er dem Direktor, zusammen mit dessen Anteil. Dem Direktor gefiel der Film, eins nur, fragte er Gabriel, – was ist das für ein Georgier mit Flügeln? Die Italiener zahlten für den Film, machten das Programm zur Bekämpfung der ukrainischen Prostitution dann aber dicht: zu unrentabel. Valunja trat in die Partei der Regionen ein. Gabriel kaufte für das Filmhonorar eine neue Kamera und ließ sich eine Ampulle implantieren. Ein halbes Jahr später schnitt er sich selber die Ampulle heraus und fing wieder an zu saufen. Einen Monat später schrieb er sich bei den Anonymen Alkoholikern ein. Dann soff er wieder. Ließ sich eine Ampulle implantieren. Soll ich weitermachen?

Marta reiste in die Türkei, von wo sie sich in ein italienisches Bordell durchschlagen wollte. Sie ließ nichts von sich hören. Vika bewarb sich bei einer Pizzeria, bekam den Job aber wegen ihres Piercings nicht. Im September begegnete sie in der Metro dem Bucklingen. Hey, Viktor Pawlowytsch, freute sich Vika, lange nicht gesehen. Der Bucklige freute sich auch, sagte, er arbeite jetzt als Kassierer in einer Spielhalle, und lud sie zum einarmigen Banditen ein. Und, fragte er, siehst du die anderen noch manchmal? Nein, antwortete Vika, Valunja sehe ich im Fernsehen, sonst niemanden. Und Marta, schreibt sie dir? – interessierte sich der Bucklige. Nein, antwortete Vika, tut sie nicht. Mir schon, sagte der Bucklige und gab ihr die Adresse des türkischen Hotels, in dem sich Marta aufhielt. Vika überlegte lange, dann schrieb sie ihr einen Brief. Der Brief lautete:

Als wir klein waren, haben mein Bruder und ich »erwachsene Sachen« gesammelt, er ist zwei Jahre älter, es war also alles seine Idee, er interessierte sich auch mehr dafür. Wir suchten in den schweren Koffern auf dem Speicher, voller Klamotten und kaputtem Kram, durchwühlten Berge von Müll auf der Suche nach neuen Stücken für unsere Sammlung. Im Sommer wärmte sich der Speicher auf, wir wohnten in einem alten zweistöckigen Haus im Stadtzentrum, zusammen mit ein paar anderen Familien, und jede Familie hielt es für notwendig, ihre alten Sachen im Speicher abzuladen. Die Dachluke war kaputt, durch die Luke flogen immer wieder Tauben herein und legten Eier in kaputte Schreibmaschinen und alte kupferne Kaffeekannen. Dazu gab es noch jede Menge Staub und Federn auf dem Dach, die Federn schoben sich zwischen die Seiten der Bücher und in die Taschen der Anzüge, wir fanden sie in Aschenbechern und Tintenfässern, schüttelten sie aus BHs und Kerosinlampen. Mein Bruder brach das Schloß an einem weiteren Koffer auf, und wir suchten uns aus dem verstaubten Plunder das heraus, was wir brauchten, also Puderdosen, Metallkämme, Zahnpulverschachteln, rostige abgebrochene Rasierklingen, zerrissene Strümpfe, zerknitterte Krawatten, ausgebleichte Kleider, löchrige Hüte, billige Ohrringe, verbrauchte Kugelschreiber, einzelne Handschuhe, Notizblöcke mit der genauen Niederschrift sämtlicher Tagesausgaben, total durchlöchertes Pauspapier, geborstene Telefone, zerrissene Einkaufsnetze, Geldbörsen mit einer Menge Fächern, lange Zigarettenspitzen für Frauen, Brillen mit gebrochenen Bügeln, deformierte Damentaschen, vergilbte Urkunden, Badekappen, Ansichtskarten aus fremden Städten, Sonnencreme, in zwei Hälften zerbrochene Kameras, abgelaufene Antibabypillen, Weinflaschenetiketten, Armreife aus rotem Plastik und mit Wachs übergossene Wecker, Fotos von Filmschauspielern und Rätselhefte, Zykluskalender und Kapseln mit irgendwelcher Medizin, lange Briefe in zerfetzten Kuverts und gläserne, mit Blut gefüllte Spritzen, grauhaarige Perücken und Rezepte aus der Poliklinik, Kirchenkerzen und selbstgemachte Ikonen, ein Foto von einem Begräbnis, Studioaufnahmen von alten Frauen, Fotos mit einem Haufen Erwachsener und Kinder, unbekannte Gesichter, unverständliche Situationen, die wir umdeuteten und uns zu eigen machten, wovon wir wenn nicht erwachsener, dann doch auf jeden Fall erfahrener wurden. Die Tauben flogen über das Haus, trauten sich aber nicht herein und warteten, bis wir nach unten gingen. Wir aber ließen uns Zeit, sahen lange die gefundenen Sachen durch, betrachteten die Einträge in den Notizbüchern, erkannten Schauspieler auf den Fotos, im Sommer wohnten wir beinahe im Speicher, dort gab es Möbel, ein paar Matratzen, wir lagen darauf und lasen alte Zeitschriften mit Kreuzworträtseln, die jemand bereits gelöst hatte.

Ein paar Jahre später hatte mein Bruder eine Freundin, einmal im Sommer, als niemand zu Hause war, brachte er sie mit. Sie blieb über Nacht. Ich lag in meinem Bett, im Nebenzimmer, und hörte sie lachen. Diesen Sommer kam sie öfter zu uns, die Eltern waren manchmal tagelang nicht da, sie und mein Bruder verbrachten ihren ersten, sehr fröhlichen Sommer. Einmal erzählte ich ihr von unserer Sammlung, wir saßen zu zweit in der leeren Wohnung, es war sonnig und heiß, sie wurde neugierig und wollte die alten Sachen sehen, von denen ich ihr erzählt hatte. Wir schauten sehr lange den alten Modeschmuck durch, sie lachte und probierte die Männersachen an und erkannte Filmschauspieler, die ich nicht kannte. Dann kam mein Bruder nach Hause, sie hörte ihn und lief nach unten. Und ich blieb oben. Am interessantesten ist, daß sie niemals Ohrringe trug, genau wie ich.

Wenn du wieder da bist, werde ich dir die Reste meiner Sammlung zeigen. Die meisten Sachen mußte ich wegschmeißen, es ist so lange her, die Nachbarn haben gewechselt, meine Eltern sind emigriert, und ich lebe allein in dieser Wohnung. Von all den Überresten habe ich nur ein paar alte Damenschuhe aus den 40ern, vielleicht auch 50ern behalten. Ich weiß nicht einmal, wem sie gehört haben. Die Sache mit alten Schuhen ist, daß sie mit der Zeit schlimmer aussehen als ihre Besitzer, Schuhe sind für mich überhaupt die intimsten Kleidungsstücke, sie reißen und brechen, tragen sich ab und verlieren ihr normales Aussehen, weil du, sobald du die Schuhe anziehst, ihnen deinen Rhythmus, deinen Gang verleihst. Ich gehe darin durch die Wohnung, sie drücken, aber es ist so ein merkwürdiges Gefühl, du trägst fremde Kleidung, benutzt fremde Sachen, schaust in fremde Tage- und Notizbücher – es erschöpft dich, zerbricht dich von innen her, du verlierst Ruhe und Gleichgewicht, als ob du etwas Verbotenes tätest und sich Seelen unruhig in der Dämmerung bewegten, jedesmal, wenn du ihre Schuhe anziehst oder ihre Briefe liest. Wahrscheinlich ist es deswegen so, weil Ruhe überhaupt ein illusorischer und kein realer Begriff ist, und es wäre falsch zu glauben, daß nach einem sorglosen und ruhigen Tod Stille und Erholung auf dich warten, aus irgendeinem Grund denke ich, daß sogar nach dem Tod, wenn du jede Verbindung verloren hast zu denen, die du liebst, wegen denen du leidest und die du die ganze Zeit vermißt, daß du auch dann keine Ruhe findest, in der Dämmerung des Jenseits, du wirst dich quälen und jedesmal leiden, wenn jemand, ohne dir auch nur die geringste Beachtung zu schenken, deine Sandalen anzieht.

»Metallist« nur für Weiße
(das Feindbild in der sowjetukrainischen Literatur)

Demokratie beginnt mit dem Mord an deinem Dealer. In diesem Land sind dreißigjährige Psychopathen an der Macht, obwohl sie das selbst nicht wissen. Das ukrainische Wirtschaftswunder kommt als Schmuggelgut über die Grenzen der Republik. Die Logik des Widerstands bestimmt deine Taten und programmatischen Aussagen; wenn du dich am Widerstand beteiligst, mußt du dich permanent unzähliger Gefahren und Provokationen erwehren. Tag für Tag führen deine Feinde einen heimlichen Krieg mit dem Ziel, dich zur Kapitulation zu zwingen, unter Bedingungen, die fatale Folgen für dich haben werden. Sie rufen zur allgemeinen Mobilisierung auf und konzentrieren ihre Kräfte, ohne auch nur den geringsten Raum für eine Verständigung mit diplomatischen Mitteln zu lassen. Sie folgen dir, wohin du gehst, verwandeln dich in eine bewegliche Mehrweg-Zielscheibe, hören dein Telefon ab, schicken dir Viren übers Internet, schmieren antisemitische Sprüche an deine Tür, schmieren antisemitische Sprüche an die Türen deiner Nachbarn und behaupten, du wärst es gewesen, sprengen die Schlösser an deiner Haustür, schicken dir per Post Pornohefte und Bücher fremdenfeindlichen Inhalts, plazieren in der Presse Artikel darüber, daß du Pornohefte und fremdenfeindliche Bücher verbreitest, machen deine Freunde zu willenlosen Zombies, zünden die Firma an, in der du arbeitest, erschießen die Feuerwehrleute, die gekommen sind, deine Firma zu retten, erschießen diejenigen deiner Freunde, die keine Zombies mehr sein wollen, trennen dir das Kabel durch und stören dein Fernsehprogramm, schauen in deiner Abwesenheit deine Bücher durch und reißen deine Lieblingsseiten heraus, schieben dir Drogen und gefälschte Dokumente unter, bestechen die Richter, die glauben, daß die Dokumente nicht gefälscht sind, geben schließlich dir die Schuld am Tod deines Dealers, geben dir die Schuld daran, daß in diesem Land Psychopathen an der Macht sind.

sie beobachten dich aus der Ferne, bleiben immer auf Distanz, sie erschnüffeln deine Spur im Gras, beziehen im Gebäude gegenüber Posten, haben dich im Visier, jeden Moment, Tag und Nacht, sind sie voll kampfbereit, sie lauschen im Telefon deinem Atem, deiner Stimme und deinem Schweigen, geraten in den Rhythmus deines Lebens, das sie formen, verlangsamen oder beschleunigen, wie sie es gerade brauchen, sie atmen dieselbe Luft, bluten dasselbe Blut, doktern mit dir an denselben Krankheiten herum, tauen dieselben Lebensmittel auf, gießen dasselbe Gift in sich hinein, verlieren dasselbe Bewußtsein, überschreiten dieselben Grenzen, verlieren die Kontrolle über dieselben Dinge, leben mit dir zusammen dasselbe Leben, sterben mit dir denselben Tod

Die, die für dich deine Probleme lösen, die dir nicht die Möglichkeit geben, selbst Einfluß auf die Ereignisse zu nehmen, die dein Fortkommen kontrollieren, deine Bewegungsfreiheit einschränken, dein Verhalten voraussagen, auf deine Fehler hinweisen, deine Erklärungen bewerten, deine Initiativen blockieren, deinen Aussagen widersprechen, die dir die Zusammenarbeit verweigern, dich beschuldigen, daß du nicht kooperierst, dich beschuldigen, daß du deinen Standpunkt nicht durchsetzen kannst, dich der Inkonsequenz und der Mutlosigkeit beschuldigen und daß du taktische Fehler machst, immer in ihrer Gegenwart; die dich unausgewogener, die Massen aufwiegelnder Erklärungen beschuldigen, des Versuchs beschuldigen, ihnen die Verantwortung für die aufgewiegelten Massen zuzuschieben, dich der Käuflichkeit und Inkompetenz beschuldigen, des Fehlens einer konstruktiven Position, des Verrats an Gleichgesinnten und der Kollaboration mit dem System, dich beschuldigen, die allgemeine Instabilität ausnutzen zu wollen, dich des Auseinanderbrechens der Koalition beschuldigen, des Absterbens der Ideologie, der Revanche der konservativen Kräfte, des Nachlassens des allgemeinen Widerstands, der Aufgabe deiner früheren Standpunkte, des Scheiterns der multilateralen Verhandlungen, des Kompromittierens der gesamten Bewegung, des Verfalls der gemeinsamen Plattform, des Untergangs der besten Anhänger, des Tods deines Dealers.

sie sagen dir Worte und du beginnst, diese Worte im Alltag zu benutzen, sie flüstern dir grundlegende Termini und Begriffe ein, korrigieren deine Sprache und erweitern sie mit Hilfe einer speziellen Terminologie, mischen in deine Sprache Fetzen ihrer Erklärungen und Manifeste, dringen mit ihrer Lexik in deine Sprache, dublieren deine private Stimme, imitieren deine Gespräche und Gesänge, wiederholen Worte, die du gerade gesagt hast, füllen mit ihrer Lexik Leerstellen in deinen Antworten, beherrschen dein Reden, schalten sich in dein Schweigen ein, synchronisieren sich damit, greifen ihm vor, stoppen es da, wo es ihnen paßt und zwingen dich, das Wichtigste zu vergessen – ihre Gegenwart.

Mitarbeiter kommunaler Dienste, die in unbeleuchteten Fluren die Drähte freilegen, Putzfrauen, die Leichen ins Nachbarhaus schleppen, Klempner, die Spuren von Verbrechen in den Abfluß kippen, Verkehrspolizisten, die das Leben der Megalopolen lahmlegen, Verkäufer in den Kiosken, die legalen Tod verkaufen, Briefträger, die Bankrott-Benachrichtigungen austragen, Arbeitslose, die Unterlagen fälschen, um Sozialleistungen zu erhalten, Alkoholiker, die Unterlagen fälschen, um den Status von Arbeitslosen zu erhalten, Milizstreifen, die den Drogenmarkt in unserem Bezirk kontrollieren, Kontrolleure und Straßenbettler, die in unserem Bezirk den Drogenmarkt bilden, Prostituierte auf Abruf, die aus korporativer Solidarität Gruppensex treiben, Mobilfunkbetreiber, die in Polen gestohlene deutsche Telefone verkaufen, Ladearbeiter von den Basaren, die Rinderblut für okkulte Handlungen abzapfen, Schauspieler von Puppentheatern, die Haken und Ösen in Holzspielzeug treiben, Mitarbeiter der Metro, die morgens die Innereien von den Schienen kratzen, Musikanten eines Blasorchesters, die in ihren Instrumentenkoffern abgeschnittene Hundeköpfe tragen, Arbeiter einer Fahrradfabrik, die die Schrauben an den Fahrrädern lockern, bevor sie sie in den Verkauf geben, Meteorologen, die im Fernsehen die falsche Windrichtung verkünden, Ärzte der chirurgischen Abteilung, die während der Operation kleine Anglerglöckchen in die Haut einnähen, du kannst jetzt nicht mehr verlorengehen, auf keinen Fall verlorengehen in dieser Dunkelheit, in diesem Schnee, man wird dich immer anhand des Glöckchens finden, das in deinen Körper eingenäht ist, in der Menge kann man dich immer identifizieren, wie still du dich auch verhältst, wie sehr du auch versuchst, dich hinter den Rücken deiner Nachbarn zu verstecken, hinter den Rücken deiner Nächsten, hinter den Rücken deiner Freunde, deiner Feinde, von denen jeder tief unter der Haut sein eigenes Anglerglöckchen trägt.

Eine Freundin von mir war Zirkusartistin und hatte einen erwachsenen Sohn, Gustav. Über ihn hat sie mir folgende Geschichte erzählt. Gustav ging gern mit seiner Clique ins Stadion, alle wohnten in der Nähe des Traktorenwerks, das war es, was sie verband. Einmal legten sie sich nach einem Spiel, zu dem sie schon völlig strack gekommen waren, in der Schaschlikbude am Markt mit Kaukasiern an. Die Kaukasier waren in der Überzahl, die Kaukasier waren auch nüchterner, deshalb jagten sie Gustav und seine Freunde ein paar Straßen weit und kehrten dann zurück in die Schaschlikbude, um ihren Sieg zu feiern. Damit wäre die Geschichte eigentlich zu Ende gewesen, doch waren einem von Gustavs Freunden bei diesem Abenteuer zwei Rippen gebrochen worden. Die Clique fand, das könne man sich nicht bieten lassen und daß die Kaukasier nicht das Recht haben, einem einfachen slawischen Skinhead die Rippen zu brechen. Allein wollten sie nicht zu den Kaukasiern gehen, deshalb baten sie ein paar Ältere um Hilfe, ehemalige Sportler, die sich aus dem Sport zurückgezogen hatten und den Schutz der Märkte in der Nähe des Traktorenwerks übernommen hatten. Die Älteren fanden auch, daß man sich das nicht bieten lassen könne, sie mochten die Kaukasier nicht und baten sie immer ordentlich zur Kasse. Und das hier war so ein Fall. Also bildeten sie eine Delegation aus drei ehemaligen Sportlern, nahmen ein paar Skinheads mit und fuhren zur Schaschlikbude. Aber es lief nicht nach Plan – gerade an dem Tag feierten die Kaukasier ein religiöses oder vielleicht auch nationales Fest, die Schaschlikbude war voll von ihnen, und alle in Kampfeslaune. Die Delegation wurde wieder ein paar Straßen weit gejagt, womit die Kaukasier einen fatalen Fehler begingen. Die Sportler beriefen eine Versammlung ein, luden ihre Kalaschnikows und beschlossen, Rache zu nehmen. Ihnen folgten die Taxifahrer, die traditionell keine Kaukasier mochten, alle anderen übrigens auch nicht. Gustav und seine Freunde waren aufgeregt und aggressiv, ihr verwundeter Freund zeigte seinen verbundenen Oberkörper und erklärte, er sei Rassist. Sie setzten den Kaukasiern ein Date. Treffen wollten sie sich auf dem Parkplatz in der Nähe des Traktorenwerks. Dort wurde also das Date anberaumt. Die Kaukasier kamen im Jeep und holten zwei Kisten Kognak aus dem Kofferraum. Die Sportler kamen in gebügelten Trainingsanzügen und mit großen Sporttaschen, in denen die Kalaschnikows lagen. Die Taxifahrer schalteten den Funk aus, denn sie wollten nicht gestört werden. Gustav und seine Freunde hatten die Taschen voller Eisen und Stahl. Sogar die Oschwanz-Brüder kamen mit einem Popen. Die Verhandlungen begannen. Die Kaukasier bekannten ihre Schuld, redeten sich mit dem religiösen Feiertag heraus und mit ihrem heißen Blut, erklärten, sie hätten nicht gleich erkannt, mit wem sie es zu tun hatten und schlugen vor, sich als Zeichen der Versöhnung gemeinsam die Kanne zu geben. Den Sportlern gefiel das Verhalten der Kaukasier, im Prinzip, sagten sie, ist das gar kein so dreckiges Volk, diese Kaukasier, wozu das Ganze, morgen bitten wir sie sowieso wieder ordentlich zur Kasse, Schuster bleib bei deinen Leisten, die Kleinen haben sich das selber eingebrockt, und wir Älteren sollen jetzt die ganze Scheiße auslöffeln, ganz unnötig, und sie scharten sich langsam um den Jeep, auf dessen Motorhaube der Kognak stand. Alles wäre gut ausgegangen, hätte der verwundete Skinhead nicht einen der Kaukasier beleidigt, der, ohne es zu wollen, seine kaputten Rippen berührt hatte. Der verwundete Skinhead konnte nicht an sich halten und beleidigte ihn. Der Kaukasier, der es offenbar nicht gewöhnt war, von Skinheads beleidigt zu werden, beleidigte ihn seinerseits. Das hörten die Oschwanz-Brüder, die danebenstanden, und ohne sich um den Hergang zu kümmern, schlugen sie den Kaukasier zu Boden. Die anderen Kaukasier wollten ihm zu Hilfe eilen, aber die ehemaligen Sportler, die man von nichts weniger als kostenlosem Kognak abhielt, wurden zu Tieren und verwandelten den Parkplatz in wenigen Minuten in einen Ort kaukasischen Genozids. Als letzte kamen die Taxifahrer angerannt und machten diejenigen Kaukasier fertig, die noch bei Bewußtsein waren und versuchten, sich zwischen den Rädern ihres Jeeps zu verstecken. Dann nahmen sie den Kognak, setzten den Jeep in Brand und fuhren heim. Ich habe diese Geschichte übrigens von zwei verschiedenen Seiten gehört. Später hat sie mir nämlich auch noch einer der Taxifahrer erzählt. Im normalen Leben ein ordentlicher, ruhiger Typ, aber diese Geschichte erzählte er boshaft und mit grausamen Einzelheiten, betonte mal ein ausgeschlagenes Auge, mal ausgerissene Goldzähne, mal die Verletzungen der Oschwanz-Brüder, die man ins Krankenhaus eingeliefert hatte. Die Miliz schnappte sich Gustav und seine Clique ein paar Stunden später, sie hatten ihren Anteil Kognak bekommen und tranken im nahe gelegenen Park.

Man schleppte sie aufs Revier, erklärte ihnen, daß einer der Kaukasier im Sterben läge und daß man sie dann alle einbuchten und das Revier so seinen Jahresplan erfüllen würde. Sie wurden ungefähr vierundzwanzig Stunden festgehalten. Schließlich kam der Revierleiter, sagte enttäuscht, daß der Kaukasier wohl nicht sterben würde, daß die Taxifahrer sich freigekauft hätten und die Sportler über gute Beziehungen zur Munizipalität verfügten, und nachdem er den Skinheads eine Lektion in Völkerfreundschaft erteilt hatte, ließ er sie laufen. Die Clique trottete direkt ins Stadion. Das Spiel haben wir übrigens gewonnen, der Kapitän von »Metallist«, Lascha, schoß das einzige, das siegreiche Tor, und die Clique ging glücklich heim. Am nächsten Morgen erfuhren sie, daß ihr verwundeter Freund in seinem Hauseingang abgestochen worden war. Die Miliz verdächtigte ein paar Studenten, die im Hauseingang des Verstorbenen immer ihren Hasch kauften.

Gustav aber dachte – klar, daß sie keinen finden werden, niemand findet die Schuldigen, was denn auch für Schuldige. Versuch bloß mal, die Schuldigen zu finden. Wir begraben ihn einfach und gehen wieder ins Stadion. Und fucken irgendwann wieder mit den Kaukasiern rum. Im Prinzip geht das in Ordnung, sie haben ihm zwei Rippen gebrochen, warum sie also nicht fertigmachen danach. Aber Lascha, also der hat gestern ein Tor geschossen, der ist doch auch aus dem Kaukasus, heißt das jetzt – nicht mehr ins Stadion gehen? Gustav wußte nicht mehr, was er denken sollte.

Zur Beerdigung ging er nicht, auch nicht mehr ins Stadion, und nach einiger Zeit wurde er Volontär bei einer sozialen

Stiftung und beschäftigte sich mit der Verteilung humanitärer Hilfe aus den USA.

Ich habe Angst um ihn, sagte seine Mutter zu mir. Solange er hier in der Gegend rumhing und zum Fußball ging, war ich beruhigt, ich sah ja, daß er weiß, was er tut, daß er weiß, wer seine Feinde sind. Aber jetzt habe ich Angst um ihn. Ich bin nicht sicher, daß er Herr der Lage ist. Mir scheint, er hat Angst bekommen und versucht jetzt, sich total abzuschotten. Hat angefangen, für die Amerikaner zu arbeiten. Mir ist so etwas Ähnliches auch einmal passiert – in den Achtzigern, wir waren damals immer auf Tournee, fuhren in einer langen Kolonne, transportierten in unseren Wagen Tiere und Kulissen, machten in kleinen Städten halt, wohnten in billigen Hotels. Ich war absolut unabhängig und tat, was ich wollte. Da aber begann ich ein Verhältnis mit einem Clown, also er arbeitete als Clown. Alles begann, als wir auf Tournee waren. Es war eine komische Phase in meinem Leben, wir spazierten durch staubige, sonnige Gassen, übernachteten auf dem Dach von Zirkuswagen, bumsten auf dem Trampolin, pflegten die wilden afrikanischen Tiere, die alle möglichen ekligen Krankheiten bekamen. Dann wurde Gustav geboren, der Clown ließ mich sitzen, und ich spürte, daß alles anders ist, daß ich nicht mehr Herrin der Lage bin, daß ich beginne, mich vor dem Leben zu fürchten, beginne, mich abzuschotten, etwas zu bauen, Mauern hochzuziehen, verstehst du?
Ich glaube, was sie mir sagen wollte, war – solange du frei bist, solange du für deine Taten selbst verantwortlich bist, solange du die Dinge beim Namen nennst, brauchst du dich vor nichts im Leben zu fürchten, es hängt voll und ganz von dir ab, ordnet sich dir völlig unter. Du kannst es aus

der Nähe betrachten oder auf Distanz gehen, du kannst es vorantreiben oder seinen Lauf anhalten. Alles im Leben hängt von dir ab, solange du von niemandem abhängig bist. Jeder Versuch aber, Schutzmauern zu errichten, sich einzugraben, die eigene Existenz und Stabilität abzusichern, führt zwangsläufig dazu, daß du nicht mehr Herr der Lage bist, das Leben gleitet dir aus den Fingern wie ein Kinderdrachen, und du bleibst allein mit deiner Angst und deiner Unsicherheit. Jeder Versuch, in diesem Leben etwas Dauerhaftes aufzubauen, ist im voraus zum Scheitern verurteilt, es ist, als ob du etwas im schnell fließenden Wasser bauen würdest – das Wasser spült dein Baumaterial fort und übergeht dich kalt und gleichgültig. Du hast dann die Wahl – entweder greifst du nach zufälligen einzelnen Zweigen, die an dir vorbeischwimmen, versuchst, sie zusammenzufügen und das unaufhaltsame Fließen zu stoppen, oder du gibst dich ihm hin, diesem Fließen, erlaubst ihm, dich vorwärts zu tragen, spürst, wie tief dieses Wasser ist und wie mächtig die Strömung, und genießt die Möglichkeit, noch ein paar Meter zu schwimmen, zusammen mit allem Wasser dieser Welt. Denn am Ende kommt nur an, wer keine Angst vor dem Ertrinken hat, wer die große Liebe gefunden, süße Freude gespürt, echte Verzweiflung durchlebt hat – der kommt am Ende auch an. Außer er hat vorher schon keine Böcke mehr.

Nachweis

Seite 125 *Besonderheiten des Schmuggels von inneren Organen.* Dieser Text erschien erstmals in einer Übersetzung von Harald Fleischmann in: *Grenzverkehr. Literarische Streifzüge zwischen Ost und West. Ein Buch von Kulturkontakt Austria.* Hg. von Annemarie Türk im Drava Verlag, Klagenfurt 2006.

Inhalt

suhrkamp taschenbücher
Eine Auswahl

Isabel Allende
- Fortunas Tochter. Roman. Übersetzt von Lieselotte Kolanoske.
  st 3236. 483 Seiten
- Das Geisterhaus. Übersetzt von Anneliese Botond.
  st 1676. 500 Seiten
- Paula. Übersetzt von Lieselotte Kolanoske. st 2840. 496 Seiten
- Porträt in Sepia. Übersetzt von Lieselotte Kolanoske.
  st 3487. 512 Seiten
- Zorro. Roman. Übersetzt von Svenja Becker. st 3861. 443 Seiten

Jurek Becker. Jakob der Lügner. Roman. st 774. 283 Seiten

Louis Begley
- Ehrensachen. Roman. Übersetzt von Christa Krüger.
  st 3998. 444 Seiten
- Schmidt. Roman. Übersetzt von Christa Krüger.
  st 3000. 320 Seiten

Thomas Bernhard
- Alte Meister. Komödie. st 1553. 311 Seiten
- Holzfällen. st 1532. 336 Seiten
- Wittgensteins Neffe. st 1465. 164 Seiten

Ketil Bjørnstad
- Villa Europa. Roman. Übersetzt von Ina Kronenberger.
  st 3730. 535 Seiten
- Vindings Spiel. Roman. Übersetzt von Lothar Schneider.
  st 3891. 347 Seiten

Lily Brett. Chuzpe. Übersetzt von Melanie Walz.
st 3922. 334 Seiten

Lizzie Doron. Warum bist du nicht vor dem Krieg gekommen? Übersetzt von Mirjam Pressler. st 3769. 130 Seiten

Marguerite Duras. Der Liebhaber. Übersetzt von Ilma Rakusa. st 1629. 194 Seiten

Hans Magnus Enzensberger. Josefine und ich. Eine Erzählung. st 3924. 147 Seiten

Louise Erdrich
- Der Club der singenden Metzger. Roman. Übersetzt von Renate Orth-Guttmann. st 3750. 503 Seiten
- Die Rübenkönigin. Roman. Übersetzt von Helga Pfetsch. st 3937. 440 Seiten

Max Frisch
- Homo faber. Ein Bericht. st 354. 203 Seiten
- Mein Name sei Gantenbein. Roman. st 286. 304 Seiten
- Stiller. Roman. st 105. 438 Seiten

Carole L. Glickfeld. Herzweh. Roman. Übersetzt von Charlotte Breuer. st 3541. 448 Seiten

Philippe Grimbert. Ein Geheimnis. Roman. Übersetzt von Holger Fock und Sabine Müller. st 3920. 154 Seiten

Katharina Hacker
- Die Habenichtse. Roman. st 3910. 308 Seiten

Marie Hermanson
- Der Mann unter der Treppe. Übersetzt von Regine Elsässer. st 3875. 269 Seiten
- Muschelstrand. Roman. Übersetzt von Regine Elsässer. st 3390. 304 Seiten

Yasushi Inoue. Das Jagdgewehr. Übersetzt von Oskar Benl. st 2909. 102 Seiten

Uwe Johnson. Mutmassungen über Jakob. Roman. st 3128. 298 Seiten

James Joyce. Ulysses. Roman. Übersetzt von Hans Wollschläger. st 2551. 1008 Seiten

Daniel Kehlmann. Ich und Kaminski. Roman. st 3653. 174 Seiten

Magnus Mills. Die Herren der Zäune. Roman. Übersetzt von Katharina Böhmer. st 3383. 216 Seiten

Cees Nooteboom. Allerseelen. Roman. Übersetzt von Helga van Beuningen. st 3163. 440 Seiten

Elsa Osorio. Mein Name ist Luz. Roman. Übersetzt von Christiane Barckhausen-Canale. st 3918. 424 Seiten

Amos Oz. Eine Geschichte von Liebe und Finsternis. Roman. Übersetzt von Ruth Achlama. st 3788 und st 3968. 829 Seiten

Ralf Rothmann. Junges Licht. Roman. st 3754. 236 Seiten

Hans-Ulrich Treichel
- Anatolin. Roman. st 4076. 188 Seiten
- Menschenflug. Roman. st 3837. 234 Seiten

Mario Vargas Llosa. Das böse Mädchen. Roman. Übersetzt von Elke Wehr. st 3932. 395 Seiten

Carlos Ruiz Zafón. Der Schatten des Windes. Übersetzt von Peter Schwaar. st 3800. 565 Seiten